# RUA DO ESCRITOR

*Crônicas sobre leitura*

Henrique Rodrigues

# RUA DO ESCRITOR

malê

ISBN 978-85-92736-66-8

Capa: Bruno Francisco Pimentel
Editoração: Mauro Siqueira
Editor: Vagner Amaro
Revisão 1: Andrei Ferreira
Revisão 2: Kaio Rodrigues

Texto revisado segundo o novo Acordo Ortográfico da Língua Portuguesa.

Dados internacionais de catalogação na publicação (CIP)
Vagner Amaro
CRB-7/5224

---

R696r Rodrigues, Henrique
Rua do escritor / Henrique Rodrigues.
– Rio de Janeiro: Malê, 2020.
192 p.; 21 cm.
ISBN 978-85-92736-66-8

1. Crônica brasileira II. Título
CDD – B869.8

---

Índice para catálogo sistemático: Crônica brasileira B869.8

www.editoramale.com.br
contato@editoramale.com.br
2020

*Este livro é dedicado aos meus professores, que me mostraram o caminho e ajudaram a pavimentar esta rua.*

"Oh! sim, a rua faz o indivíduo, nós bem o sentimos."

João do Rio, *A alma encantadora das ruas.*

# Sumário

# Apresentação numa calçada

Tive a ideia de me tornar escritor aos 13 anos, quando venci um concurso de frases na escola pública onde estudava. Isso foi lá por 1989, há bastante tempo. Em setembro de 2019, o Ciep Carlos Drummond de Andrade, na Praça Seca, Zona Oeste do Rio de Janeiro, fez uma eleição para alterar o nome da sala de leitura, que até então se chamava Monteiro Lobato.

A surpresa foi que meu nome entrou no jogo, e acabaram por homenagear o ex-aluno, o que foi a coisa mais bonita que pode acontecer a um cidadão que teve a instituição pública como grande espaço de desenvolvimento. Se antes já visitava a escola para conversar com alunos e professores, agora o compromisso seria para sempre. Há alguns anos, a outra escola onde estudei, o Ciep Adão Pereira Nunes, no subúrbio carioca, fez a mesma reinauguração da antiga biblioteca, dando o meu nome. Mais que homenagens em plaquinhas, esses atos são responsabilidades, pois me fazem crer que o ofício de escritor, especialmente no Brasil, precisa estar associado a uma ação cultural um pouco maior do que ler e escrever. As minhas escolas não se esqueceram de mim, e tampouco eu delas.

Foi graças a essas escolas, professores e amigos que consegui furar as barreiras sociais e, se posso dizer assim, criar uma carreira na escrita. Nesses anos, entre as publicações e o trabalho diário, sempre gostei de escrever crônicas. É um tipo de texto que, diferentemente dos contos, poemas e outros formatos, está ligado diretamente aos acontecimentos cotidianos, sobre o qual o cronista aplica o seu olhar literário, a fim de retirar uma centelha de lirismo, graça ou mera observação despretensiosa. E se, como todos nós sabemos, a vida é ordinária por si só, a crônica tenta retirar dali um quê de extraordinário.

E se é na vida que a crônica mergulha, foi nela onde saltei. Entre a decisão de querer ser escritor e de fato publicar meu primeiro livro houve um intervalo de 17 anos, nos quais aconteceu bastante coisa. Dentre elas, um sinal de que estava no caminho certo foi, entre tantas mudanças que minha família foi obrigada a fazer, quando fomos morar numa casinha na Rua do Escritor, em Jacarepaguá. O pequeno conjunto de casas, cujos imigrantes chamaram de Portugal Pequeno, é composto por ruas com nomes de profissões. Naquele período eu estava no meio da faculdade de Letras, trabalhava numa videolocadora e adorava dizer que morava naquele endereço. Apesar das dificuldades por que passávamos, era um tipo de presságio ou recado para o futuro, que só recentemente entendi.

A temática da literatura é bem recorrente nas crônicas que estão neste livro. Creio que é um assunto sobre o qual não conseguiria deixar de refletir, por conta de trabalhar com escritores e em projetos de estímulo à leitura, especialmente ao observar como esse universo muda e molda a vida de tantas pessoas. De certa forma, este conjunto de textos pode ser lido também como uma pequena cidade de leituras.

Outro dia passei no antigo endereço com meu filho caçula. Tiramos foto da placa na rua, que está na capa deste livro. A rua tem poucas casas e menos de cem metros de comprimento, de maneira que o Pedro concluiu, entre a brincadeira e a certeza: sou o único escritor que morou na Rua do Escritor. Se essa rua fosse minha, alteraria o nome dela para Rua do Leitor, pois a ideia destas crônicas é justamente zanzar pelas diferentes trilhas pelas quais a leitura vem me conduzindo.

Bom passeio!

*Henrique Rodrigues*

# Encontro com leitor

Certa vez, aproveitei a lacuna entre empregos para visitar uma instituição que oferece reforço escolar para crianças, a fim de ler meus livros infantis e conversar com a garotada. Gosto muito de visitar esses locais, do contato direto com jovens e educadores, bem como ir a escolas públicas, onde me sinto mais à vontade do que em eventos literários de maior porte. Creio que isso se dê menos por um sentimento de filantropia do que por me identificar mais com plateias que têm menos acesso a livros e outros bens culturais. Fui aluno da rede pública durante toda a vida e, há uns anos, quando visitei minha velha escola, me dei conta de que estava falando não só com aqueles meninos, mas também comigo mesmo, tímido e atento, curioso pela diferença de vinte anos que nos separava. No fundo, tive um certo alívio ao constatar que eu era apenas um menino, como todos aqueles outros meninos ali me olhando.

E foi assim novamente na semana passada com as dezenas de crianças que conheci na Comunidade César Maia. O nome do local não é muito feliz, mas há que se perdoar – o local. Trata-se de um conjunto construído na década de 1990 para receber desabrigados da Cidade de Deus, em virtude de uma enchente que devastou o bairro na época. Fica em Vargem Pequena, muito longe de onde circula o grande capital cultural da cidade, longe das modinhas de um subúrbio idealizado, longe até das comunidades contempladas pelas UPPs. A Comunidade César Maia ficou mais para trás que o então prefeito que a batizou: nem houve ali nenhuma manifestação nas últimas semanas. E por ser tão paralela, marginal e fora dos circuitos é que visitar aquelas crianças foi a coisa mais importante que fiz nos últimos tempos.

Tenho trabalhado há uns anos em programas e projetos ligados à formação de leitores. A despeito de estudos sobre a necessidade de se ampliar o número de pessoas que buscam o prazer do texto, em determinados círculos é comum o discurso segundo o qual o processo criativo constitui a etapa mais relevante da literatura, sendo que a leitura entra apenas como uma possível consequência. Há quem defenda até que leitores são desnecessários para essa cadeia, quase sempre porque o ego autoral ocupa todo o espaço. Acredito que não só é preciso formar leitores, mas que os autores devem sair cada vez mais dos seus claustros de genialidade e se movimentar. A internet é ótima para essa aproximação, mas nada se compara ao contato direto com quem nos lê. Geralmente aprendemos muito com outra perspectiva.

Daí a importância do encontro com aqueles leitores. Falei para dois grupos. No primeiro, li alguns livros e, em seguida, fui surpreendido com aquelas perguntas desconcertantes que só as crianças fazem, munidas de uma sinceridade ainda não podada pelo crescimento, que nos tiram da comodidade das nossas certezas.

Enquanto entrava o segundo grupo, composto por crianças um pouco maiores, notei que as educadoras se esforçavam para que um menino mais arredio participasse. Como eu tivesse notado o jovem tentando se esgueirar do restante do grupo, segredaram-me que o Wellington (resguardemos o nome verdadeiro dele) tinha uma história de vida mais "complicada". Segui com a sessão de leitura e conversa, até que ele apareceu novamente no fundo da sala e me fez uma pergunta. Logo depois, esse menino me disse que também queria ser escritor quando crescesse.

Ao fim da sessão, as turmas voltavam para as salas e continuei papeando com o Wellington. Esperto e divertido, perguntou se todo autor tem furo no queixo, de onde tirava as histórias, que livros gostava de ler na idade dele e outras coisas. Não sabia algumas respostas – a do queixo já tenho suspeita – e inventei na hora. Despedi-me de todos, com o desejo de que esse nosso encontro tenha contribuído para que ele possa encontrar meios para criar muitas histórias, inclusive escrever a própria trajetória. Não sei ao certo se minha visita na Comunidade César Maia serviu ou servirá para inspirar meninos como o Wellington, mas garanto que o encontro me ensinou muito, e por isso, com toda gratidão, esta crônica é para eles.

# A luta silenciosa no octógono dos livros

Minha primeira grande imersão no mundo dos livros aconteceu na biblioteca do Ciep Dr. Adão Pereira Nunes, em Irajá, no ano de 1986. Não preciso explicar o que são (ou foram) os Centros Integrados de Educação Pública, pois esse modelo de escola idealizado pelo Darcy Ribeiro se tornou bastante conhecido. Mas afirmo com toda segurança que foi o último grande projeto educacional que chegou pra valer no Rio de Janeiro. Há 30 anos.

Na época eu tinha 10 anos, meu irmão 11. Morávamos na Pavuna e nossa vida começava outra fase, por conta da separação – nada amigável – dos pais. No meio daquela novidade toda, as instalações do Ciep eram imensas aos meus olhos, cuja referência diária de grandeza ainda era a extensão do rio Guandu, lá da lonjura de onde saímos. Aquele castelo, que nos oferecia refeições, psicólogo, óculos, aulas o dia inteiro e atividades de todo tipo, me apresentou duas coisas para a vida toda.

A primeira era a presença de um animador cultural, figura que não era professor mas ensinava, não era colega porém tinha o lúdico na ponta da língua, e uma vez disse algo importante pacas – sem que me desse conta, porque na hora não entendi: "Todo mundo precisa de vez, voto e verso." A cada ano, a cada situação de vida, de trabalho e de observação da sociedade, essa frase adquire cada vez mais sentido.

E a segunda foi a biblioteca. Claro que já conhecia livros em estante e por isso vou entrar numa viela da digressão. Minha tia com melhor condição financeira (porque todo pobre tem um "parente rico") tinha muitos livros em casa. A maioria kardecista, que eu adorava folhear porque parecia coisa de ficção científica. Inclusive eu brincava de ser escritor porque um volume do acervo era escrito por um tal "prof. Henrique Rodrigues", que certamente já desencarnou mas me deu uma ideia de sonho. E no meio daquela livrarada toda de espíritos tinha um livro cuja dedicatória era "ao verme que primeiro roeu as frias carnes do meu cadáver dedico como saudosa lembrança estas memórias póstumas". E foi assim que passei vários anos pensando que *Memórias Póstumas de Brás Cubas* fosse um livro psicografado.

Digressão concluída, faço um balão na estrada da memória e volto à rua do Ciep. Naquele lugar havia sempre uma pessoa dedicada com quem eu gostava de falar sobre várias coisas, sobretudo as coisas que via na enciclopédia *Delta,* que era um tipo de Google mais lento e, talvez por isso, mais legal. Quando fui superintendente pedagógico da Secretaria de Estado de Educação do Rio de Janeiro, fiquei abismado ao descobrir que a última vez que houve contratação de bibliotecários para a rede foi na época do Ciep. Esse profissional, que é um dos principais mediadores do acesso à informação e ao conhecimento, tornou-se um ser em extinção numa rede cada vez mais depauperada. Não sei dizer ao certo o que é causa e efeito.

Mas preciso confessar uma pequena transgressão: gostava de matar algumas aulas que considerava chatas para ficar na biblioteca do Ciep. Era silenciosa e povoada de histórias e ideias. Ou, pelo menos, de histórias e ideias que me povoavam.

Meu último ano do Ensino Fundamental foi em outro Ciep, o Carlos Drummond de Andrade, na Praça Seca. Foi ali que ganhei um concurso de frase que me fez falar "quando crescer quero ser escritor", o que foi motivo de riso de uns. Riso que entendo só agora: o mundo dos livros não é valorizado moralmente no Brasil por muita gente. Somos uma minoria. Isso pode ser mudado ainda, mas deve levar muito tempo com bastante investimento baseado numa política clara e com perspectiva. Pensando hoje, em 2017 e com essa conjuntura, não me parece algo da ordem do dia.

Mas uma coisa é o mundo, a sociedade *et coetera*, outra é a nossa responsabilidade individual. Passado o tempo, a brincadeira com o livro da minha tia continuou e acabei virando escritor mesmo. Não o melhor da minha geração (quando o jornal me perguntou por que não concorri para a *Granta*, revista literária internacional que iria dedicar uma edição a autores brasileiros, falei que queria apenas ser o melhor escritor do meu prédio), mas talvez não um dos piores.

Há uns anos visitei o Ciep Rubem Gomes, em Costa Barros, para ler com a garotada e falar da importância dos livros e da imaginação. Pouco tempo depois, soube que o jovem Wesley Gilbert Rodrigues de Andrade, de 11 anos, aluno de lá, foi atingido por uma bala perdida enquanto assistia à aula. Esse tipo de notícia é recorrente nos jornais. Ontem mesmo (5 de julho de 2017) uma menina de 14 anos também levou um tiro dentro da escola em

Belford Roxo, na Baixada Fluminense. Ela sobreviveu, mas a bala permanece alojada no corpo.

Lidar com leitura nas camadas sociais onde ela é mais necessária, porque foi relegada historicamente, é uma luta difícil e, por isso mesmo, necessária. E tenho ciência de que não são muitos os indivíduos que passam pela rede pública e conseguem ultrapassar as barreiras do que esperam de nós. Posso dizer em alto e bom som: sou privilegiado. Muito privilegiado. E isso não é bom, pois ser exceção diante de uma regra cruel é algo a ser combatido. Porque ainda ecoam na minha cuca aquelas histórias e ideias que foram plantadas. Elas me provocam, instigam e obrigam a arregaçar as mangas. Aprendi a batalhar numa biblioteca em forma de octógono, numa guerra que segue lenta e silenciosa, como são as mais importantes que travamos ao longo da vida.

# Perfis de leitores

Outro dia, numa roda de conversa fiada dessas tão improdutivas quando necessárias – e que por isso mesmo são fundamentais para a manutenção da sanidade –, veio à tona uma questão bem recorrente, sobre as diferenças entre escrever para crianças e para adultos.

Não vou entrar aqui em questões técnicas, teóricas e complexas, pois estou com preguiça de pensar mais do que a patinação cognitiva da crônica requisita. E também por ser sábado. No entanto, jogo um bumerangue aqui neste curto e enevoado céu da memória para me lembrar um pouco mais do papo com outros camaradas de ofício. Falávamos que a sinceridade com que as pequenas pessoas costumam ler é tão grande quanto a entrega. Elas se jogam no texto de cara, confiantes que essa malha – e a aproximação de texto com tecido, trama e tessitura já está ficando tão manjada que prometo não repetir mais, pelo menos hoje aqui – as suporte com toda segurança. A cena me fez lembrar do meu filho menor, que subitamente pulava de qualquer altura para que eu o pegasse no ar, algumas vezes sem saber se eu estava preparado ou mesmo prestando atenção na brincadeira, pois eu sempre dava um jeito de pegá-lo. Se fiquei com dores nas costas às vezes, nunca aconteceu um acidente mais grave, e a confiança do moleque permaneceu inabalável.

(Percebo, caradepaumente, que saí da estrada principal do assunto e entrei numa viela da comunidade da digressão. Ah, o sábado...)

Dizia que os leitores menores se jogam no texto por conta de uma capacidade invejável, pelo menos para os adultos – ou pelo menos para mim, adulto que sou ou penso ser –, de entrar no jogo proposto. Se as regras do jogo da leitura são boas, incluindo recursos de linguagem, reviravoltas e outras surpresas que um belo amontoado de palavras proporciona, a molecada imediatamente se sente parte da história, envolvida no manto (lascou-se, voltei à alegoria texto-pano) da história que é lida ou ouvida. Se for ruim, os pequenos imediatamente descartam, vão brincar de outra coisa.

Pera lá, leitora. Não penso que livro de literatura seja como um brinquedo, como já ouvi e li em debates, simpósios, colóquios, seminários, congressos, *workshops*, oficinas, treinamentos, dinâmicas, encontros, bate-papos, reuniões, palestras, conferências, teses, dissertações, monografias, *papers*, ensaios, artigos, matérias e outras quaquaragens. Mas também, como já pesquei nesses mesmos meios, não creio que seja algo utilitário, com um fim específico e mensurável para o bem da nação, da moral e dos bons costumes. Talvez seja algo além do primeiro e aquém do segundo. O *ludens* da parada, mesmo quando a leitura em questão é composta por jogos de palavras, rimas, adivinhas e outros recursos prazerosos desse tipo, se referem a processos criativos predominantemente ligados à imaginação.

No caso da imaginação infantil, estamos falando de uma instância que, dessa perspectiva limitada que temos, na altura das certezas evoluídas e bem resolvidas da idade adulta, não conseguimos mais compreender ao certo. Só podemos simular, adentrando aquele nosso enevoado céu da memória, como foi o encantamento único que determinadas combinações de palavras e frases nos proporcionaram um dia.

Por isso escrever para a molecada é sempre mais difícil. Como todos fomos crianças, parece à primeira vista que é molezinha retornar àquele terreno em que corríamos, subíamos nas árvores e de lá saltávamos para uma queda facilmente amortecida pelo corpo leve. O terreno pode ser o mesmo, mas nós não. Daí o chão tende a ficar pantanoso, afundando com o nosso peso do costume, as árvores se tornam inacessíveis e nos resignamos com as sombras, em busca de um descanso para a mente fatigada pelo excesso de informações repetidas que a vida adulta teima em empilhar. Para a imaginação entrar naquela mesma sintonia do tempo criativo, é preciso fingir que se dialoga com aquela criança que ainda corre por ali, e dá um trabalhão para que esse reencontro se dê de uma forma sincera e produtiva.

Já com os leitores adultos, não. Estão mais prontos, requerem o desarme das cucas amadurecidas. Estão ocupados, cada um nas suas urgências pessoais, e para olhar o mundo é preciso administrar o tempo cada vez mais escasso para dar conta do menu do dia: dólares, arrastões, governos, coisas mais sérias.

Mas sobre eles escrevo outro dia. Sabe como é, hoje é sábado…

# Das pequenas e grandes resistências

Semana passada visitei uma escola pública para conversar com alunos na sala de leitura. Sempre tento conseguir tempo para esse tipo de atividade, que é das experiências mais maravilhosas para quem trabalha no ramo das ideias. Mais do que nunca, ceder nosso tempo ao encontro com os jovens não é caridade ou favor a conhecidos que trabalham nas redes de ensino, mas mergulhar na fonte mais importante que constitui o caldo social.

(Pobres dos meus colegas de escrita que, na sua segurança de classe média, torcem o nariz para esse tipo de público, enquanto aguardam convites para eventos literários chiques.)

Quando fui aluno da rede pública, praticamente durante toda a vida de estudante, não havia muito espaço para que expressássemos opinião de forma séria. O jovem pobre era um potencial bandido e, além de não ser ouvido, sofria um *bullying* constante até fora dos muros da escola. Lembro-me de um episódio, da época do Ciep, quando fomos dar um passeio (rolezinho?) lá pelo calçadão de Madureira, depois das aulas. O segurança das Lojas Americanas nos acusou de estar roubando doces, levando-nos para um canto da loja. Em seguida, com outro sujeito que estava sem uniforme, nos mostrou um martelo de alho, com que ameaçou esmagar as nossas mãos caso voltássemos à loja. Amedrontado, não entrei mais lá de uniforme, ainda que nunca mais o nosso grupo de colegas tenha falado sobre o assunto, dada a então normalidade daquele tipo de cena.

Hoje é possível que esse tipo de situação aconteça. Mas um aparelho celular com câmera poderia filmar toda a ação dentro da loja, que poderia se espalhar nas redes sociais até que a rede de lojas se desculpasse publicamente. O preconceito existe e, pelo cenário político em torno das áreas de Educação e Cultura, infelizmente não deve sair de cena tão cedo. No entanto, me parece que temos uma geração de jovens mais atenta, com acesso a informação e direito a voz.

O fenômeno das ocupações das escolas é um *plot point* histórico. Aprendemos que matar aula era uma coisa boa, evitando o máximo possível a permanência no espaço escolar. E agora vem a garotada promovendo justamente o contrário. Precisamos urgentemente encontrar um antônimo para matar aula – viver aula?

(Acabo de ler que duas escolas ocupadas têm desempenho acima da média no ENEM.)

Penso isso tudo e volto ao papo na Escola Municipal D. João VI. Trata-se de uma unidade de integração, em que alguns alunos com diferentes deficiências convivem com os demais. Enquanto eu falava com a galera, um aluno fez várias perguntas a respeito de literatura, quadrinhos e mercado de trabalho. Esse jovem, Mateus, é autista.

É dessas pequenas resistências que se formam as maiores, e nos dão esperança de que nossa sociedade saia dessa barbárie *cyberpunk* para a qual ensaia caminhar.

Leio o comovente e duro livro *Poemas do povo da noite*, do tocantinense Pedro Tierra. Foi escrito enquanto o autor estava preso, no regime ditatorial, quando tinha seus vinte e poucos anos. E no primeiro verso do primeiro poema, diz: "Perdemos a noção do tempo". Quarenta anos e duas gerações depois, acho que poderemos ressignificar essa matéria chamada tempo com aqueles que ainda os têm nas mãos. Esses alunos, para mim, representam essa resistência: à opressão do mundo, da política, de um futuro míope.

Uma das perguntas que me fizeram era sobre de onde vêm as ideias para escrever. Comentei com os alunos: estar aqui com vocês é uma grande motivação e me enche de ideias. Por isso esta crônica é dedicada aos alunos e professores da Escola Municipal D. João VI, de Higienópolis, Rio de Janeiro.

# Clubes de leitura e a solidão compartilhada

*para Victor Simião e Flávio Rodrigues*

Semana passada tive duas experiências incrivelmente interessantes no Paraná, essa potência literária de fazer inveja a Rio e São Paulo. E nem digo de Curitiba, cuja vida cultural é tão rica e charmosa que não entendo por que não engata ali uma Bienal do Livro. Estive em Londrina e Maringá, cidades de médio porte que dão certa inveja pela tranquilidade e organização, especialmente pelo contraste que senti após sair de um Rio de Janeiro em estado de caos por conta das Olimpíadas que estavam para começar.

Pelo IBGE, Londrina já seria de grande porte, uma vez que ultrapassou os 500 mil habitantes. Mas o charme de lá é, pelo menos ainda, de cidade menor. Cheguei à Universidade Estadual, escoltado pelo escritor e camarada Marcos Peres, para conversar com algumas turmas de Letras. Ao entrar no anfiteatro, o professor já lia para a turma o início do meu romance, o que me causou grande acanhamento, reavivando a timidez que tive a vida inteira e contra a qual luto sempre que vou falar em público.

Mas bastaram uns minutos de papo para que eu me visse naqueles jovens e pudesse começar a trocar ideias. Como fosse à noite numa sexta-feira, falava com um grupo que luta para conciliar o trabalho durante o dia, as aulas e as leituras, que costumam tomar os finais de semana e quaisquer horas livres que surjam. Daí que, convidado para falar sobre criação literária, não me preocupei em dar um aulão teórico, mas sobretudo em papear sobre essa condição de estudante com pouca grana e muito sonho. E reencontrei nos olhares da galera o aluno de Letras que fui, e de certa forma ainda sou, procurando conhecimento e espaço para expressar uma voz literária que começa a tomar forma por volta dos vinte anos.

Não é fácil, nunca foi. Primeiramente, porque já se apregoa, mesmo na Academia, uma ideia falsa segundo a qual os cursos de Letras não devem formar autores, mas se restringir ao magistério. Tremenda bobagem. Se o escritor deve ter qualquer origem e formação, por que negá-la ao espaço onde a literatura é estudada como prato principal? Outro fator é que os acessos à publicação, ainda que tenham melhorado nos últimos anos, continuam bastante difíceis ao jovem de interior/periferia não apadrinhado. Escrever literatura no Brasil é uma eterna corrida com barreira. O exercício e a persistência é que podem garantir a continuidade na pista para aqueles que estão dando as primeiras passadas, especialmente depois de cada inevitável tombo.

No outro dia, em Maringá, estive com o Clube de Leitura Bons Casmurros. Trata-se de uma turma bem diversificada que se reúne a cada três semanas para discutir um livro previamente lido (se está lido só pode ser previamente, ó pá!). O meu romance foi a bola da vez.

Venho participando de muitos eventos literários nos últimos anos. Muitas vezes os encontros com leitores seguem um roteiro parecido, e fica-se sempre com a sensação de que teria sido melhor caso as pessoas tivessem lido algo do autor. Faz toda a diferença. Nos clubes de leitura, a intenção é justamente entrar no livro e trazer as questões para que sejam apresentadas e discutidas. O protagonista é o livro.

Se num evento com centenas de pessoas é impossível a interação entre todos, no caso dos clubes de leitura a ideia é justamente que todos participem. Como se trata de um grupo pequeno, composto por 20 integrantes, há espaço e tempo para que todos se manifestem. E foi isso que encontrei.

Passei a maior parte do tempo calado, ouvindo as discussões suscitadas pelo livro, algumas bem novas para mim. Geralmente lemos isso em textos teóricos bacanudos, mas nessas situações reais é possível comprovar que a leitura literária é uma troca de experiências singulares, pois cada um traz sua bagagem para dar sentido ao que leu, e assim faz do livro algo novo e único. E no fim das contas o resultado é a formação de leitores cada vez mais acurados, com visão ampla de livros e de mundo. A leitura, assim como a escrita, é um ato muito solitário, mas nesses encontros se descobre que a solidão literária pode ser bela e produtivamente compartilhada.

Não acredito que haja uma solução mágica para que aumentemos da noite para o dia os nossos números tão esmirrados na área da leitura literária. Mas se os clubes de leitura – cujo custo é praticamente zero – fossem estimulados em todos os bairros do país, utilizando livrarias, bibliotecas, escolas, centros comunitários *et coetera*, acredito que em algum tempo a situação começaria a melhorar.

Porque há uma necessidade de reinvenção do mundo entre as pessoas, e a literatura pode ser um caminho privilegiado para isso. Foi o que aprendi nesses dois dias como aluno e, ainda que por um dia, membro do clube.

# Aos 13, 18 e aos 39

Por esses dias li um pequeno livro que me marcou pacas, como fazem sempre conosco as grandes leituras. Trata-se de *Aos 7 e aos 40*, do João Anzanello Carrascoza, autor dos meus preferidos, que considero um dos grandes escritores marginais do nosso tempo. Explico: ao buscar o tom lírico, a narrativa introspectiva que exige um pouco mais do leitor – e por isso mesmo oferece um pouco mais –, ignorando tendências de mercados e modismos da semana, o grito panfletário raso, os ismos labelizados, as polêmicas midiotas e tantas vertentes que parecem configurar as vias principais da literatura, o João escreve desarmado para desarmar os leitores. E enquanto esse montante que citei se engarrafa nas avenidas principais, ele segue essencial, pelas margens, como quem vai de bicicleta.

Esse primeiro romance do Carrascoza escreve paralelamente duas histórias de um mesmo personagem, quando criança e *nel mezzo del camin*, quarentão. "Eu nem sabia ler a tristeza das pessoas. Eu ainda errava no meu olhar", diz sobre o menino, no seu tempo largo das descobertas. E assim o livro segue, indo e voltando nos dois tempos, alternando as memórias da infância com os reflexos produzidos no homem de 40 anos, ainda cheio de incertezas sobre a vida e as coisas: "Por vezes errava. Acertar também doía, demorado. Aí, era preciso retroceder." Crescer dói. E a prosa poética desse livro retrata belamente essa dor.

Voltei ao livro porque nesta semana tive uma sequência de vaivéns. Fui chamado para o aniversário de 30 anos do Ciep Carlos Drummond de Andrade, escola pública onde estudei, já mencionada em outra crônica. Junto a outros alunos, um militar, uma professora e uma estudante universitária, conversamos com a garotada sobre as experiências passadas ali naquela escola. E não deixo de me lembrar das gargalhadas e sarcasmos ouvidos na época, mas também da professora que sorriu e disse que eu seria, sim. Cada um tem uma trajetória própria, cercada por circunstâncias únicas e singulares, e não me vejo como modelo para nenhum garoto ou garota, mesmo porque continuo lutando. Ainda aos 39, ainda que tenha conseguido umas boas vitórias, sofro preconceitos, boicotes, puxadas de tapete típicas de quem segue um caminho diferente da maioria.

Por isso foi muito doloroso e revoltante quando uma menina nos perguntou: "Como vocês conseguem? Porque é assim: quem estuda no Ciep não vai ser ninguém na vida". Por questões puramente políticas, o Ciep como projeto pedagógico foi sucateado ainda no final da década de 1980, todos sabem, e desde então não surgiu nenhum projeto que chegasse perto, infelizmente. Não deixa de ser triste entrar naquela estrutura como se estivesse no esqueleto de uma baleia gigante que vimos nadando um dia. E na mesma semana que uma escola de ponta do Rio de Janeiro sedia um evento internacional para se pensar a educação, com a presença do célebre sociólogo polonês Zygmunt Bauman e outras autoridades, é triste também saber que na semana seguinte tudo vai ser como antes e a menina vai continuar repetindo a frase violenta e nefanda que martelaram na cabeça dela e dos colegas, por mais que tenhamos dito o contrário. Como é bonito, no campo teórico, repensar a educação, essa promessa eternamente fadada ao não cumprimento.

Eu me senti mal por me dar conta de que, com meus colegas ex-alunos, viramos exceção do que deveria ser regra. Essa menina e seus colegas, os ninguéns na vida, cujas perspectivas, nesse mundo líquido, se evaporaram, para usar a alegoria do polonês.

No dia seguinte participei da aula inaugural da faculdade onde estudei Letras, com duas colegas, uma tradutora e uma produtora cultural. Foi igualmente emocionante conversar com os calouros, alguns bem parecidos com o que eu era na época, cheio de dúvidas quanto ao futuro. E tratamos logo de dizer que ainda as temos, mas o importante é tentar manter o olhar de curiosidade e absorção tão típico desse período. Durante a graduação, tive o privilégio de trabalhar numa videolocadora de filmes e games – já tinha saído do McDonald's mas continuava atrás do balcão –, o que foi enriquecedor. Aos 18 anos, naquele 1994 de início da estabilidade econômica, começava a escrever poesia e me achava genial, pronto para consertar o mundo inteiro com decassílabos que distribuía em fanzines de xerox reduzida, praticamente ilegíveis. Enquanto os veteranos do diretório acadêmico diziam nos corredores que iriam derrubar o governo, mas logo depois reparei que estavam mais interessados nas chopadas.

E terminei a semana participando da Bienal do Livro, evento imenso, imune à crise, com uma galera ávida por literatura, elevando-a a fenômeno pop, buscando todo tipo de livro bom e ruim que os estandes colocassem para vender. Coisa nova, pois cresci ouvindo que jovem não gosta de ler. Papeei com jovens sobre trabalho, com uma designer de moda cadeirante, que criou uma linha de roupas inclusivas, coisa fantástica. Antes, conversei com três autores juvenis argentinos, que olham o fenômeno dos jovens leitores entre a desconfiança de ser mais uma onda de mercado e a esperança de que a quantidade se torne qualidade a médio e longo prazos. Coisas que só saberemos depois de um tempo. No fundo, cada um lê livros, o mundo e a si mesmo de um jeito único.

O motorista que me levou e me trouxe de volta se chamava Miquéias e fechou o evento com chave de ouro. No trajeto, ele se revelou um leitor refinado, discutindo vários assuntos culturais. Descobrimos que, durante os dez dias de Bienal, ele não poderia entrar nos pavilhões em nenhum momento, restringindo-se a pegar e levar os convidados, e tratei de deixar um exemplar do romance novo para ele: que leitores são esses que ficam atrás dos balcões?

Numa semana corrida, revisitei dois períodos que me ajudaram a olhar para frente, que é o único lugar que temos para ir. Esses encontros são muito engrandecedores, como diz o narrador do Carrascoza: "Porque o menino logo atingiria o ponto do caminho onde o homem que ele seria o esperava."

# Adélia me pôs para dormir

Hoje à tarde Adélia Prado estava na televisão. Depois de almoçar com a família, prostrei-me no sofá e de repente me vi zapeando, até que o dedo parou tão logo visse a mineira, acredito que a nossa mais importante escritora em atividade. Falava de coisas extremamente simples e essenciais, como o fato de a arte ser voltada para o sentimento, não para a lógica, e que a poesia existe porque nós não nos contentamos com a instância ordinária das coisas: precisamos do extraordinário.

Porém, como tivesse comido feijoada com a voracidade dominical, e os meus recursos internos se concentrassem na difícil extração digestiva daqueles nutrientes inusitados, fui adormecendo.

E dormi um sono em que Adélia continuava sua conferência. No surrealismo desse estado, em vez de falar para a plateia numerosa e atenta do programa gravado, a poeta conversava apenas e diretamente comigo. E era como se me lembrasse de coisas das quais já havia me esquecido, ou então alertava para que não as esquecesse. Aquele ensinamento íntimo abarcou desde questões técnicas da escrita até a necessária manutenção de um olhar que retirasse literatura da vida, mas que depois não deixasse de devolver para a mesma vida o que eu viesse a construir ou modificar pela arte da palavra.

Em dado momento, devo ter balbuciado que não estou mais escrevendo poemas porque fiquei cansado, embora fosse voltar em 2019. Em vez de me fazer refém da minha própria inspiração e sugerir uma continuidade forçada, ouvi uma frase que dizia algo como "o tempo da poesia é um tempo diferente e deve ser respeitado". Foi um alívio que me fez despertar, no momento final do programa, quando ela começava a ler seus poemas.

Adélia chora ao ler alguns dos seus textos. Quem esteve na Festa Literária de Paraty de 2006 certamente conferiu e partilhou com ela essa experiência de se emocionar diante da beleza pura e aguda das palavras. Pelo que me lembro, foram raros os que não choraram também, mesmo os que, como eu, só puderam assistir pelo telão. Hoje eu não chorei, mas sorri enquanto me esticava no sofá feito um gato preguiçoso. Levantei-me e fui conferir minha mãe e meu irmão tirando um cochilo, cada um no seu canto. Olhando-os assim, pensei, ainda sonolento, que eles são o meu grande poema.

E agora, madrugada de domingo para segunda, antes de entrar no sono para começar uma nova jornada rumo ao cotidiano prático e ordinário, rogo para que as doces palavras de Adélia Prado voltem a frequentar meus sonhos e os conduza rumo à vida. E que aquela espécie de acalanto nos inspire a buscar o extraordinário ao longo de todo o dia.

# Nave mãe

Escrevo esta crônica ora nas manhãs de sábado, quando o descompromisso com o cotidiano ordinário traz o lampejo tão aguardado, ora numa hora qualquer dos domingos, quase sempre entre os afazeres regados pela certeza inexpugnável de que a semana já acabou e, eterno retorno, vai nos sisifando com as nossas pedras para o topo da montanha. Esta aqui foi escrita nos intervalos de mais um dia das mães.

Durante muito tempo, em especial na infância, a presença da mãe é algo fundamentalmente protetor – hoje acho que é formativo, dado que muitas funções tradicionalmente masculinas também estão sendo exercidas pela mulher –, e me parece que, pelo menos para elas, parte desse instinto permanece durante a vida inteira. Mas também, quando se cresce, estar com elas significa quase sempre dialogar com o que há de mais essencial nas nossas origens.

(E não posso deixar de me lembrar daquela frase do Woody Allen, que é mais ou menos assim porque estou catando de orelhada: "Descobri que meu problema é esse desejo de retornar ao útero, qualquer útero." Que nietzschiano esse judeu!)

Mas, antes do parágrafo digressivo picaresco, dizia que o retorno às nossas origens é tão importante que não consigo pensar a vida sem a referência, real ou imaginada, a um tipo de nave mãe de onde todos brotaram e seguiram suas trajetórias, construindo ou desbravando o próprio universo.

Comemos peixe hoje. Meu irmão, um ano mais velho, gosta muito, e eu também estou longe de recusar. Imediatamente, entre uma garfada e outra, voltamos para as pescarias com o pai, que já embarcou para o oceano infinito. As últimas, nós já adultos, eram em traineiras alugadas, pela costa, na baía de Sepetiba ou em alto mar. Mas as primeiras foram no rio Guandu, cujas margens frequentamos até os meus dez anos. Saíamos para pescar e minha mãe aguardava em casa para, resoluta e apaixonada, limpar os peixes, que nem naquele poema da Adélia Prado.

Falar em poesia, abro sem muito compromisso – que é o melhor jeito de ler – um livro do Manoel de Barros, o da Terceira Infância: "Minha mãe me deu um rio."

Certa vez assisti a uma palestra no trabalho, daquelas de motivação profissional, codinome de autoajuda. (As empresas ainda não se deram conta de que funcionários não se motivam ouvindo papagaiadas, especialmente quando descobrem que o cachê recebido pelo palestrante por uma hora de conversa fiada é maior que o salário médio da empresa.) Entre as inúmeras obviedades que o pensador corporativo disse, só uma teve valor. Dizia que, diante de uma dúvida, convém pensar se a decisão deixaria a mãe orgulhosa. Talvez fosse uma saída se o superego de políticos e outros poderosos soasse o alerta: "Se você fizer isso, vou contar pra tua mãe!"

Não é assim que rola. Por isso o cuidado, o critério nas escolhas e a orientação para o certo vão se perdendo na certeza dos adultos. O indivíduo pronto e acabado, coroado de certezas, corre o sério risco de se tornar algo muito distante do que a mãe esperava. Talvez, mesmo que se torne uma pessoa bem-sucedida financeiramente ou em outro aspecto, em algum momento da vida vai parar e se dar conta: eu falhei.

A sabedoria popular diz que coração de mãe não se engana. Por isso hoje eu e meu irmão retornamos à nave mãe. Precisamos sempre cuidar para que o rio que ela nos deu seja piscoso, porque toda mãe é o milagre da multiplicação. E sobretudo para que, ao cruzar com outros e produzir novas correntes, nossos rios sejam de águas claras, limpas e navegáveis.

# Somos e seremos tão jovens

Nós somos feitos de tempo. Ou, pelo menos, da sensação do tempo. Essa abstração que nos acompanha por toda a vida se torna mais aguda quando somos tomados pela intuição do instante, muitas vezes em situações extremas, como a perda, uma realização pela qual lutamos ou numa experiência artística.

Ouvir Legião Urbana sempre foi, para mim, um mergulho nessa possibilidade. Por volta dos meus dez anos, todos os garotos queriam decorar "Faroeste Caboclo", e depois repetir os versos de "Monte Castelo", que citava a Bíblia e Camões, algo que só uma banda de rock pode fazer com adolescentes de maneira tão natural. Em seguida, cantar "Vento no litoral" diante de uma desilusão amorosa, e alguns anos depois citar os versos de "Vamos fazer um filme" perguntando como é que se diz "eu te amo" hoje em dia.

A experiência de ouvir uma banda querida e fazer com que ela se torne um marcador de páginas da nossa memória é subjetiva, cada um tem a sua, de acordo com os episódios vividos. Mesmo os fatos que levaram Renato Russo a escrever cada uma dessas letras são diferentes e únicos. E talvez nisso esteja a mágica da coisa: ele consegue falar simultaneamente de si e do mundo. O lirismo, tão presente na poesia e na música, faz com que a fala do poeta seja particular e universal. Ao reconhecer ali o que sentimos, seja uma indignação política, uma dor de separação ou mesmo uma pequena revolta com os nossos pais, um tipo de conforto nos abraça e nos dá a sensação de que não estamos sozinhos.

À medida que crescemos, algumas coisas se modificam, outras não. Ainda que as preocupações com as obrigações escolares se transformem na necessidade de arrumar emprego – e se manter nele, ou que o medo de se declarar à pessoa por quem somos apaixonados possa se converter em medo de nunca mais se apaixonar – ou em como manter a paixão viva no dia-a-dia –, muitas das nossas (as)pirações são recorrentes. A obra da Legião Urbana consegue ser o elemento catalisador dessa viagem no tempo, assim como uma fotografia ou um cheiro de uma época vivida.

Renato Russo faria sessenta anos dia 27 de março deste ano. Seria um senhor jovem. Quis o destino que, assim como os poetas românticos que morriam cedo demais, tenha se tornado um jovem para sempre. Mas o lirismo é assim mesmo, atemporal.

Eu tenho quarenta e quatro anos e, quando tiver oitenta e oito – e espero chegar brincando até lá –, quero continuar ouvindo Legião Urbana e ter essa mesma sensação de juventude, de que é preciso e possível administrar as pequenas dores humanas. Somos e seremos sempre jovens, em qualquer época das nossas vidas.

# Um sábado para Noel Rosa

*O mundo é um samba em que eu danço*
*Sem nunca sair do meu trilho*
*Vou cantando o teu nome sem descanso*
*Pois do meu samba tu és o estribilho*

"Até amanhã", Noel Rosa

Sábado passado vivemos uma das experiências mais cariocas possíveis. Digo isso sem a soberba do bairrismo, sem a chalaça da autoironia, sem o saudosismo caquético de quando Rio estava na crista da onda – e mesmo quando ser escritor do Rio ou de qualquer lugar talvez significasse algo um pouco mais valorizado, pelo menos moralmente. O que fizemos no sábado foi lançar a antologia *Conversas de botequim,* composta por vinte contos inspirados nas canções do Noel Rosa. Isso tudo na querida livraria Folha Seca, lá na rua do Ouvidor, com uma roda de samba incrível do Chico Alves (homônimo do Francisco Alves, o Rei da Voz).

A história desse livro é bem engraçada e vale a pena contar novamente. Há uns anos, a prefeitura organizou num dos seus espaços um lançamento da coletânea *O livro branco,* composta por contos escritos sob a inspiração dos Beatles, que eu havia organizado. O carioquíssimo escritor Ruy Castro, sempre defensor das nossas cores, falas e sons locais, soltou na imprensa uma nota criticando o evento, pois "aqui não é Liverpool", e que, se fosse algo inspirado em Noel Rosa, daí tudo bem. Como ele provavelmente não tinha lido o livro, ignorava o fato de que era literatura brasileira, em que muitas das histórias produzidas sobre as canções dos Fab Four eram passadas no Rio, inclusive a minha. Mas, xenofobias à parte, respondi para a mesma coluna que até que ele havia nos dado uma boa ideia. Sim, Noel Rosa criou letras que renderiam bons contos!

Organizar um livro escrito por muitos autores é complicado, chato, moroso, requer nossa capacidade de intermediar negociações com editoras e agentes, chegar a consensos de valores e contratos, compreender e moderar diferentes *timings* de criação literária – como se já não fosse difícil administrar os nossos próprios processos internos. Eu havia prometido não fazer tão cedo algo do tipo, e me concentrar mais nas produções literárias solo. Mas como resistir a uma provocação tão desafiadora quanto essa? Conversei rapidamente com o camarada Marcelo Moutinho, que além de ser grande escritor tem mão ótima para organizar livros coletivos, e partimos para a seleção do time.

*Conversas de botequim* driblou as dificuldades listadas, além de uma crise no mercado editorial sem precedentes no país, e nasceu suave. A diversidade de vozes literárias relendo Noel é uma riqueza imensa para o livro, sentimento que se tornou evidente quando nos juntamos para a foto dos autores presentes.

A literatura, seja no isolamento da pesquisa e da escritura, seja no silêncio da leitura, é uma arte das mais solitárias, todos sabem disso. Por isso esses momentos de festa são importantes, quando justamente as solidões se misturam. E então nos damos conta de que o verdadeiro poder das grandes realizações só se dá quando as ideias se convertem em ações compartilhadas.

Sabemos que a rua do Ouvidor foi o principal endereço do Rio de Janeiro – e por extensão, do país, especialmente na segunda metade do século XIX. Não por acaso, é cenário dos principais romances e de vários contos e crônicas do nosso Machado de Assis. Talvez por isso ele tenha se juntado com Noel Rosa para convencer São Pedro a não fazer chover e melar o evento, dado que a previsão de aguaceiros era de 80%. De líquido lá havia umas boas cervejas.

E é nesse espírito carioca, bem no sentido de mistura e farofa, que celebramos Noel Rosa. Ele nos deixou aos 26 anos, cedo demais, assim como vários dos grandes poetas da nossa literatura – inclusive vitimado pela tuberculose, o mal-do-século que tanto vitimava os artistas de então. Mas talvez por conta disso também tenha permanecido jovial para sempre. Recriar suas canções pela via narrativa é uma forma de atestar sua genial perenidade.

# A aula de Sérgio Sant'Anna sobre Raduan

Na época da faculdade, havia um programa chamado Escritor Visitante, em que um grande autor oferecia uma oficina literária para os alunos. Recém-chegado àquele universo acadêmico, tudo era novo, ainda mais porque ninguém da minha família, até então, tinha entrado para o chamado ensino superior. Era *negodi* rico; ao pobre só restava a possibilidade de ser militar caso quisesse ser "alguém na vida", era o mantra que ouvi durante toda a infância e adolescência, com evidentes ecos das verdades oriundas da ditadura. Sair disso era ser metido, achar-se melhor que os outros: ficar com rei na barriga. E como adolescente gosta de transgredir, essa foi a escolha que contrariava a regra, de modo que cometi uma pequena contravenção para me livrar da aeronáutica e entrar para Letras na Uerj. Aliás, a universidade hoje ameaça virar um grande esqueleto de elefante, e temo que em breve terei o mesmo sentimento quando passo em frente a um Ciep, de ver apenas uma carcaça do que um dia foi algo majestoso e belo.

(Mas isso tudo foi antes de cotas, da ascensão dos mais pobres a bens e serviços, incluindo a universidade, e lembrar pode me colocar no rol dos saudosistas caquéticos. E a vida é breve e o nosso material "é o agora / que mal chegou e já evapora", como já bem disse o... Mentira, leitora, acabei de inventar.)

Dizia que, nesse programa de escritores da faculdade, me vi fazendo aulas com um escritor de que nunca havia ouvido falar mas que alguns colegas já cultuavam, o grande Sérgio Sant'Anna. Como boa parte dos alunos de graduação saídos de um Ensino Médio (ainda Segundo Grau) deficitário, nossa bagagem de leitura era muito restrita. E vejo que isso não mudou muito, já que muitas redes escolares ainda mantêm a ideia de que a literatura começou no Barroco e acabou no Tropicalismo.

Mesmo sem saber que tinha aulas com um dos maiores autores brasileiros, ouvia atento as dicas, seu modo de ler e escrever, aquela caligrafia dele com letras diminutas, aparentando a preocupação com que fosse compreendido – pensava que um escritor de verdade deveria ter letras de médico. E uma frase do grande Sérgio (cujo filho André é hoje um grande camarada) ficou guardada: "*Lavoura arcaica*, por exemplo, é um livro tecnicamente perfeito".

Acompanhei o trabalho do Sérgio, que se tornou um dos meus autores preferidos. Resenhei livro dele para o finado JB, fiz um ensaio sobre o seu primeiro romance no mestrado, sempre com o orgulho de ter sido aluno. Em meio a isso, li duas vezes seguidas o *Lavoura arcaica*, além do volume de contos *Menina a caminho*, deixando para depois *Um copo de cólera*, que apenas folheei e ficou como uma daquelas lacunas pessoais.

Sérgio tinha razão. Cada palavra é colocada ali como algo explosivo, o protagonista André, um dos personagens mais marcantes da nossa literatura. Os diálogos, especialmente na parte da família à mesa, de um poder que nunca vi igual nas nossas letras. E confesso que a mística em torno da reclusão do autor não me influenciou em nada nas leituras. Assim como provavelmente aconteceu com o Salinger e o Dalton Trevisan, acho que a ideia de não fazer parte do mundo diretamente, olhá-lo com certo distanciamento, é um recurso estético, cujo resultado pode ser tanto uma escrita mais pungente ou um silêncio que diz muito.

Por isso é que fiquei surpreso quando Raduan resolveu aparecer nos últimos anos, primeiro na Balada Literária, depois para uma fala política. Mas confesso que me causou constrangimento ao vê-lo, semana passada, no meio de um bate-boca na cerimônia de entrega do Prêmio Camões. Não creio que a literatura esteja acima das questões mundanas relacionadas a dinheiro, jogadas sujas de governos e posições políticas de jornalistas, militantes ou quem quer que seja – incluindo a do próprio autor. Mas me pareceu que, por mais que tenha parecido um evento contendo elementos que o tornariam digno de entrar para a história, por conta das posições de todos os envolvidos, já evaporou, como mais um escandalozinho efêmero de redes sociais.

Por isso é que, de todo modo, prefiro voltar ao livro. E talvez a terceira leitura do *Lavoura arcaica* me faça entender um pouco mais isso tudo. Ou então complique mais, porque a literatura tem disso.

# Uma aula com Joel Rufino

Na última semana, que foi cheia de alegrias e tristezas – como são todas, aliás –, perdemos um grande professor, historiador e escritor, o Joel Rufino dos Santos. Quem lida com a arte da palavra certamente já leu algo dele ou assistiu a alguma palestra ou aula.

Não fui aluno do Joel, infelizmente. Nos últimos anos, esbarrei com ele em alguns eventos literários. Já havia lido textos acadêmicos dele na faculdade e em publicações variadas, mas me lembro da primeira impressão que tive ao vê-lo pessoalmente: como é baixinho esse gigante, e vice-versa. Conversamos sobre adaptações de clássicos para o público infantil e os perfis de jovens leitores.

Comentei que havia trabalhado com a excelente versão dele de *Robin Hood* adaptada para o público juvenil. Se dissesse algo equivalente a certas (semi ou pseudo) celebridades literárias de hoje, talvez recebesse um reles e blasé "ah, obrigado", mas na hora o Joel ficou interessado, perguntando sobre a faixa etária dos alunos e como foi a recepção deles ao texto. E ele não fazia média: estava realmente demonstrando a preocupação com o aspecto formativo da literatura. Em pouco mais de três minutos, eu havia recebido uma curta e preciosa aula no melhor sentido do termo:

ele sabiamente articulou informações que eu tinha e me devolveu de forma crítica e organizada, como fazem os grandes professores. Transformam informação em conhecimento e, talvez, sabedoria.

Por isso é que, com o Joel Rufino tendo ido embora, vou à estante procurar algum ensinamento, ou mesmo recado que o professor deixou. Encontro *Quem ama literatura não estuda literatura*, livro de ensaios resultantes das aulas que ministrou na UFRJ. O título é em si provocador, pois indica que a literatura não deve ser apreciada apenas como objeto de estudo científico, e quem a estuda pode não necessariamente ser um grande apreciador apaixonado.

Logo na introdução, encontro uma frase que justifica a postura dele descrita no parágrafo anterior: "Professor é o aluno que não quis sair da escola." O subtítulo da seleta de textos, "Ensaios indisciplinados", dá o tom transgressor e irônico que encontrei em alguns ótimos professores que tive, baseado na ideia simples de que os ensinamentos das faculdades devem se voltar para a sociedade, não para o próprio umbigo. Não ter disciplina é fugir a ela nos moldes administrativos padronizados, mas ao mesmo tempo permitindo a colheita por aqueles não iniciados na Grande Arte da Literatura, essa chatice hermética que alguns defendem – eles mesmos, chatos e herméticos.

Os pés de Joel Rufino estavam, portanto, na universidade, mas ele olhava para fora, para os movimentos do mundo e modos de lê-lo. Daí que em *Quem ama literatura não estuda literatura* o mestre lance mão de uma retórica impressionante, capaz de partir de informações da cultura pop para incitar discussões profundas, como as múltiplas relações do amor com a literatura e provar que

Lima Barreto não era filho de escravos e morou perto do Norte Shopping. No livro, dados são transformados em ideias complexas e inquietantes. Termina com uma crítica lapidar a partir do famigerado "Filma eu, Galvão" dos jogos de futebol pela televisão: "O terrível aí não é o solecismo".

Nesses últimos anos, tenho ouvido reclamações de alunos de Letras que não gostam de literatura – e de professores idem. Mas gostaria de levar para a outra ponta. A universidade é o lugar de excelência para a ampliação do repertório crítico, pois é ali que residem profissionais experientes, que não se cansam de aprender, e por isso mesmo estão de braços abertos para receber adolescentes cheios de gás e curiosidade. Somados, rende um bom samba. E foi um privilégio passar por esse processo de ter sido aluno. E também de continuar sendo aluno fora daqueles muros.

A universidade onde estudei me convidou para participar da aula inaugural deste semestre. Será amanhã, e estou mais nervoso com isso do que a participação na Bienal do Livro logo depois, quando vou dividir mesa com argentinos naquele mundaréu de gente. A responsabilidade de falar para jovens estudantes é grande, e espero não os decepcionar. Que Joel Rufino nos inspire.

Aliás, os milhares de transeuntes da Bienal do Livro deveriam prestar um minuto de silêncio para ele. No espaço que os argentinos me derem, vou prestar a homenagem lembrando do nosso pequeno gigante das palavras. Agora que temos tantos jovens buscando de forma espontânea a literatura, seria importante que esse silêncio se multiplicasse e fosse investido em leituras dos grandes livros que esse doce mestre nos deixou.

# Gullar, meu professor de poesia

Depois de uma semana fora para atividades literárias e de trabalho entre São Paulo e Mato Grosso do Sul, começava esta crônica sobre os muitos assuntos que me perpassaram ao logo desses dias, inclusive o último, decorrente do acúmulo, que é o cansaço físico e mental resultante dessa maratona. Organizava a sequência de ideias em parágrafos temáticos, na ordem cronológica inversa, mas sem hierarquia entre elas para depois mexer à vontade, porque a crônica não é relatório de empresa – já basta os que me esperam no mundo corporativo ordinário –, e sim uma praça para descanso, com direito a parquinho que permita às palavras brincarem na gangorra.

Mas eis que minha mulher entra no escritório e me diz algo que tornou menos relevante todos esses acontecimentos: "Morreu o Ferreira Gullar!"

Não que desconfie dela. Pelo contrário: é hoje minha fonte mais segura. Mas quase que instintivamente conferi no site do jornal. Não sabia que ele estivera internado, e nem sei se isso era fato divulgado. Fiquei alheio nesses dias, acompanhando, literalmente de passagem, o fatídico acidente com o time de Chapecó, a mudança bizarra na lei contra a corrupção e, falando no assunto, o Renan Calheiros tornado réu, ainda que presidente do Senado. A noite é veloz.

Quando esta crônica chegar à leitura, creio que já terão sido publicadas vários obituários, perfis, análises, matérias, especiais etc. Prefiro lembrar das ocasiões em que estive com ele e seus livros.

Quando estava na faculdade, conhecia poemas isolados do Gullar, como o "Dois e dois: quatro", que tem aquele quarteto inescapável "Como dois e dois são quatro / sei que a vida vale a pena / embora no pão seja caro / e a liberdade pequena". Esse poema é formado pelas populares redondilhas maiores, e acredito que esse tempo de cada verso tenha contribuído para que ele se tornasse tão conhecido, pois é a forma/*fôrma* mais fácil de se decorar – e me lembro de uma entrevista em que o Gullar disse ter sido abordado na rua por um homem que falou o poema inteiro. O poema segue com dísticos trabalhando o elemento da repetição, nas rimas, tendo no centro, entre as ideias mais líricas, aquele lembrando os anos de chumbo em que foram escritos: "como um tempo de alegria / por trás do terror me acena".

Tenho um amigo poeta dessa época da faculdade, Célio Diniz, que é também artista plástico, e sempre nos reuníamos na casa dele em Pedra de Guaratiba. Discutíamos muito sobre esses assuntos, com aquela pretensão de genialidade típica de alunos de graduação, e me lembro de ter lido o *Breviário de Estética,* do Croce, e o *Argumentação contra a morte da arte,* do Gullar, apenas para poder debater com o meu camarada, que sabia – e ainda sabe – muito mais do que eu. Tempos depois, quando comecei a assistir ao Gullar falando sobre arte, achei-o um tanto radical demais, e voltei ao poeta.

Anos depois, tive a felicidade de tê-lo como professor em oficina literária, no ótimo programa Escritor Visitante que a universidade mantinha, permitindo que os alunos pudessem acessar os ensinamentos de grandes autores (eu já havia feito com o Sérgio Sant'Anna e o Antônio Torres, e queria fechar a tríade conto, romance e poesia). Por conta da necessidade de sair cedo para trabalhar na videolocadora, não fiz todas as aulas dele. Mas me lembro de uma em que ele se dedicou a trabalhar meu poema. Fez apontamentos técnicos excelentes, e o soneto acabaria entrando no meu primeiro livro, em 2006.

Tempos depois, quando trabalhava na PUC-Rio, ajudei na organização de um evento que o receberia (havia lançado o ótimo *Em alguma parte alguma*). Quem lida com literatura e vive no Rio de Janeiro certamente já assistiu o Gullar palestrando. Entre os causos de sempre, falou uma frase daquelas na longa birra com os paulistas: "a Poesia Concreta deveria se chamar Poesia Abstrata". Conversando com ele depois, perguntei se aquela coisa com os irmãos Campos era um tipo de mágoa recíproca e eterna. Ele bateu o meu ombro e respondeu, rindo: "é tudo bobagem de uns velhos".

Ferreira Gullar fará falta entre os vivos. Tenho uma estranha sensação de que esses grandes nomes da literatura – assim como na educação – que marcaram o século XX não estão sendo substituídos, talvez porque a sociedade não julgue essas áreas tão relevantes para fazer relevantes os indivíduos que atuam nelas. Mas isso é assunto para outra crônica.

Por ora fico agradecido pelo convívio com ele. E já que falei de Pedra de Guaratiba, cito os versos finais do poema "Uma pedra é uma pedra": "e assim / o homem tenta / livrar-se do fim / que o atormenta // e se inventa".

# Do livro para fora, do livro para dentro

Peço perdão à leitora pelo tom monotemático dos últimos textos. A iminência de lançamento de livro traz uma série de sentimentos complicados, os quais dificultam o ajuste de nosso foco em questões mais suaves e descompromissadas da vida, que costumam render as melhores crônicas, claro. Muitos sabemos que a própria falta do que escrever já rendeu excelentes textos – nesses casos, poucos reparam que se trata de um recurso técnico refinado, segundo o qual o argumento da ausência de tema é apenas uma distração para se cair fundo na chamada metalinguagem, em que o texto fala sobre o próprio processo de se criar um texto. Esse sim, um tema bastante desejado pelos leitores nas últimas décadas. A crônica, que mãe generosa tu és, acolhedora dos escribas randômicos e órfãos, perdidos e desfocados nas variadas sendas dos assuntos...

Sim, eu estava distraindo a leitora de propósito, pois não se trata aqui de uma crônica atemática. O ponto é que os últimos tempos foram voltados para um primeiro romance e tudo o que o cercou. Caminho por esse universo de livros, seja como autor ou trabalhador da área, há coisa de quinze anos. Nem é tanto, mas não é nada. Publiquei por editoras pequenas, médias e grandes, fiz e recebi resenhas, fui a eventos de todo tipo, passei por quase todos os ritos de passagem possíveis hoje nessa área. Mas por que a publicação de um romance me disparou certa angústia?

Não acredito muito na tese da escrita como forma de resolução de questões psicológicas ou psicanalíticas. Aliás, nem acredito muito na psicanálise em geral, a não ser aquela presente nos filmes do Woody Allen. Mas ela existe, não posso negar, assim como Deus e a nota de cem reais: apesar de não os vermos, sentimo-los. Daí que cai por terra a ideia de que ter focado na minha adolescência tenha trazido algum sentimento guardado e mal resolvido. Apesar de tempos difíceis, foram muito felizes. Fomos.

Penso que talvez exista uma supervalorização do romance como forma de expressão literária. Desde o século XIX, ele desbanca os outros como grande objetivo a ser buscado pelos novos escritores. Os grandes prêmios literários – e trabalho na gestão de um deles – apontam sempre o romance como grande vencedor quando as diferentes categorias se misturam. Com raríssimas exceções, o "livro do ano" é sempre um romance. Mesmo com o boom do conto e das outras formas breves permitidas pelos recursos tecnológicos, a história longa se mantém firme como ponta de lança na batalha literária.

(Poderia citar dois ou três teóricos do romance agora para que o texto tivesse mais sustentação teórica. Mas não quero, poxa. Ah, que maravilha não estar na academia, ter essa liberdade de não precisar dar um CTRL+ALT+F toda hora para criar uma nota de rodapé, sem falar nas paráfrases de toda ordem, a fim de garantir que que não estamos tendo nenhuma ideia original, apenas prestando tributo a alguém mais gabaritado.)

Numa olhada panorâmica, vejo que meus colegas de geração que começaram já no romance conseguiram mais projeção que os contistas, poetas e autores de livros para crianças ou jovens. Como já sou seminovo, não ligo de ter feito o caminho inverso, tendo começado com poesia. Era o que eu queria escrever na época, e continuo com ela, versificando o máximo possível dessa vida tão prosaica. E também permaneço com os livros para a molecada, pois aprende-se muito com os pequenos.

O mercado privilegia determinados modos de escrita. A bola da vez são livros de fantasia, ou então dramalhões internacionais sobre doentes terminais, chicklits etc. E nem vou entrar nos chamados livros de colorir, pois entre a escrita desta crônica e a publicação pode ser que já tenham saído de moda. Há autores muito felizes e realizados no que escrevem, e percebo que eles são assim não por seguirem uma tendência para vender mais, e sim porque são sinceros nos seus projetos literários. Talvez essa seja a chave da coisa: ser verdadeiro naquilo que se pretende escrever. Acho que li algo assim há pouco tempo no "Sobre a escrita", do Stephen King. (Ih, lá fui citar livro para sustentar minha proposição, mas é o King, de leve, na boa, sem gueriguéri.)

Por isso talvez meu espanto. Nos últimos dias pareço ouvir algo do tipo "Henrique, você está publicando um romance: agora sim, você está entrando para o rol dos escritores de verdade". Bobagem, eu não me sinto mais escritor do que na época dos fanzines de xerox reduzida da faculdade de Letras. (Ou já éramos jovens bestas e pretensiosos?) Naturalmente, somos muito apaixonados pelo livro que estamos lançando, como qualquer recém-nascido. Mas sei que no fundo é mais um, não mais ou menos importante. São problemas de bastidores, dos livros para dentro.

A literatura é uma arte de silêncios. Nesses momentos em que precisamos nos expor um pouco mais, a fim de aproximar os livros dos leitores, vale lembrar que estes últimos são o mais importante. Por mais que seja legal olhar os bastidores e ver como funcionam as engrenagens, o espetáculo acontece dos livros para fora, na hora da leitura, seja romance, conto, poesia, ou mesmo uma crônica sem pretensão nenhuma, como esta aqui.

# Atrás do balcão

Há uns anos, pouco antes de começar um bate-papo num evento literário grande, iria enfim conhecer uma das escritoras que iria mediar. Como o contato que tivera com ela era só via leitura (não só de orelhada de livro, pois realmente gosto muito do que ela escreve), não via a hora de trocar ideias pessoalmente. Por mais que a gente se fale por e-mail e façamos o dever de casa pesquisando sobre a trajetória do autor, é imprescindível aquela conversa minutos antes de encararmos o público. Já assisti a alguns debates nos quais os participantes pareciam estar se olhando pela primeira vez. Isso quando, raras vezes, não se tratavam de desafetos assumidos, cujo ódio mútuo era desconhecido pelos curadores do evento, deixando nas mãos do pobre mediador a função de apaziguar ao vivo uma alternância de pinimbas, deselegâncias e olhares que se equivalem a uma sequência combinada de sopapos.

Dizia sobre a escritora. Ao nos encontrarmos com ela, minha mulher perguntou num tom meio surpreso "ah, você é Fulana?". Creio que, de tanto ouvir falar na escritora, a companheira não imaginava encontrar uma senhora mais baixinha do que ela.

No que veio a resposta cheia de sorriso: "Sim, sou eu mesma, com essa cara de faxineira..." Rimos muito e, sorte a minha, ali começou uma amizade de vida inteira. A sessão, aliás, foi divertida pacas.

Ainda que hoje em dia o escritor tenha saído da toca para participar de eventos e entrar em contato direto com seu – e aí é que vem a esperança de que as pessoas se tornem algo mais que uma simples plateia, prestes a se dissolver assim que acabar o evento – leitor, as pessoas que escrevem costumam ser de natureza introspectiva, pois a leitura e a escrita são atividades fundamentalmente realizadas na solidão. E que bom que seja assim. Numa época em que tudo precisa estar visceral e exageradamente exposto, talvez o silêncio próprio da literatura se converta num último refúgio para tentar compreender e redesenhar o mundo.

Essa última frase à la José Castello foi para dizer que a figura do autor não tem obrigação nenhuma de corresponder ao que escreve. Ainda assim, somos um pouco condicionados a estabelecer expectativas em relação a quem lemos. São bem comuns os casos de grandes autores rabugentos, e me lembro agora de uns amigos escribas de quem não li quase nada: sou amigo do sujeito, não do predicado.

(Um minuto para digressão, mas ainda dentro do assunto. Lembro de um poema do Adriano Espínola que li dia desses, chamado "Dublê", sobre o poeta e página, mas também vejo que fala sobre o escritor em geral fora da página. Volto a ele:

“sabe que mesmo
sendo outro,
no risco
da viagem,
é antes
um dublê
de si.”)

E por ser o escritor um indivíduo que pode ter qualquer aparência, é comum também o que ocorreu com a minha amiga. No meu caso, mantenho certa similaridade com ela, pois tenho mais cara de balconista do que de escritor, provavelmente mais pela cor parda do que por estar sempre às ordens. Basta entrar numa loja de roupas para que alguém me pergunte o preço de uma peça, ou onde fica o setor de trocas. Em festa de casamento, pessoas nem tão bêbadas já me entregaram taça vazia pedindo para trazer outra cheia. Por esses dias, postei que agora estou numa agência literária, e lá foi uma poeta da Zona Sul me mandar mensagem perguntando como usufruir do serviço, pensando que eu era funcionário. E daí para mais.

Não vou ficar aqui fazendo sociologia barata. Já driblei preconceitos de tantos tipos diferentes, que essas situações me causam mais diversão que desconforto. “Pode levar de graça” é a resposta nas lojas, “se fosse você, parava de beber agora” é para as festas e à senhora poeta bastou um esclarecimento. De todo modo, e considerando que a literatura é tradicionalmente produzida e consumida por uma elite, fico feliz de fazer parte de um grupo que vem, a duras penas, furando barreiras e ampliando os olhares. Ou, como diz aquele livro de entrevistas do Darcy Ribeiro, mestiço é que é bom!

E justamente por termos também a perspectiva de trás do balcão, podemos entender um pouco mais aquele que está nos encarando na fila, num exercício um pouco mais sincero de alteridade. Não sei, penso que quem passa a vida apenas esperando ser servido pode acabar vendo o próximo apenas pelas costas, sem um rosto com quem dialogar.

# Atrás do balcão – parte 2

As redes sociais são uma floresta interminável de ideias, imagens e palavras. Assim como na vida real, a maioria do que aparece na virtual, a princípio, não serve para muita coisa. Propagandas, ideias panfletárias, fofocas de celebridades com aspas, jornalismo infundado feito às pressas, esquerdas e direitas disputando para ver quem é o lado verdadeiro e qual é o reflexo no espelho, ondas de ódio e linchamentos, gueriguéris e quaquaragens de toda ordem. Mas também nos permitiram acessar informação como nunca, e com alguma orientação e bom senso transformá-la em conhecimento. Quem sabe até, com educação e critério, transformar essa informação em sabedoria.

As tecnologias nos fazem olhar um celular a cada três minutos para, assoberbados de minúcias, não deixar de responder ou apenas acompanhar uma conversa de grupo. Do outro lado há alguém ansioso, como nós, incapaz de entender que o destinatário pode estar ocupado com essas pequenas desculpas da vida prática e material. Foi-se o direito de não estar.

Por outro lado, esses mesmos recursos foram responsáveis pela reaproximação de pessoas. Nos últimos tempos, muitos de nós voltamos no tempo graças a esses recursos, reencontrando amigos e parentes distanciados pelas circunstâncias da vida. Tive a sorte de reencontrar, recentemente, um grupo muito especial da adolescência: os meus colegas de McDonald's, depois de uns vinte anos afastados. Ainda que tenha convivido com alguns durante esse intervalo, a maioria tinha seguido caminhos diferentes.

Por coincidência dessas que nos deixam felizes, tinha acabado de entregar para a editora os originais do meu primeiro romance (*O próximo da fila*, que vem me causando certo medo e ansiedade; fim do intervalo comercial), que se passa basicamente numa lanchonete no início dos anos 1990. Para compor alguns personagens, eu tinha bebido na fonte – turva, com o passar dos anos – da memória, recorrendo a algumas lembranças desses colegas. E de repente, num encontro, estavam todos eles ali. Todos seminovos: uns mais magros, outros mais gordinhos, mas as mesmas vozes, os mesmos olhares, os mesmos gestos de garotos e garotas que nunca deixaram de ser aquelas pessoas que estavam descobrindo o mundo do trabalho logo cedo. Arte imitando vida, senti que estava, de certa forma, encontrando meus personagens, eu mesmo um deles.

Eram tempos bicudos numa época em que tudo era mais difícil que hoje. Passada uma geração, nossos filhos custam a crer que uma linha de telefone fixo custava o preço de um carro, vivíamos em hiperinflação, sem poder andar com dinheiro na carteira, pois evaporava, e as maquininhas de etiqueta de preço não paravam de trabalhar. Mas como fomos felizes em meio a isso tudo!

A turma ficou feliz ao saber do livro, alguns curiosos para saber se e como estarão na história. Mas a mim interessou conhecer a história deles. Entre elas, a Luciana: depois de sair do McDonald's, passou por outros trabalhos, casou, teve o primeiro filho, depois o segundo e ficou desempregada quando chegou a caçula. Passou por dificuldades com a família, até que aproveitou a expertise aprendida no fast-food dos M dourados e montou uma barraquinha de sanduíches. A minha amiga sempre foi divertida e carismática, e o que parecia um bico foi crescendo, pois a freguesia foi gradualmente conquistada. Não tardou para que a barraca se transformasse numa loja simpática e sempre lotada aqui em Jacarepaguá, a McLu – tendo começado a vida fazendo Big Macs, creio que ela, empreendedora que é, tem todo o direito de usar esse nome. A família se mudou para o segundo andar da lanchonete, onde o marido e os filhos trabalham. Vivem confortavelmente.

Muitos conhecidos vêm me parabenizar por colocar a chamada "classe C" como protagonista do romance. Por conta da chamada autoficção, eu seria um bom exemplo de alguém que seguiu em frente etc. Não creio tanto nisso. Agora, quando visito o McLu com minha família e a Luciana sai da cozinha com seu avental vermelho e vem falar com seus clientes, oferecendo não só sanduíches mas também sorrisos e causos, vejo que ela sim se tornou uma vitoriosa. Escrever ficção é molezinha perto dessa jornada.

Por isso esta crônica é dedicada à Luciana, cujo suor atrás do balcão dá um drible (diria que uma caneta) nas dificuldades que nossa galera sempre teve. Em meio ao turbilhão de informações efêmeras, chatas e negativas que atravessam o nosso dia-a-dia, são histórias como essa que, a meu ver, valem a pena ser contadas por aqui.

# Oficina literária no McDonald's

Há quem diga que as oficinas literárias seriam desnecessárias para o surgimento de autores, pois os supostos grandes talentos encontrariam um caminho próprio para serem descobertos pelas editoras ou algum padrinho. Pelo que venho acompanhando, a realização de oficinas torna um indivíduo um leitor mais agudo, com mais habilidade para escolher o que ler entre a imensa oferta de títulos e categorias disponíveis atualmente. Esse já seria um grande ganho cultural para a sociedade se oficinas de leitura e escrita fossem oferecidas massivamente, e certamente teríamos um universo de leitores bem maior que os minguados existentes. Se um aluno vai se tornar um escritor com uma carreira, ninguém pode saber. Nem o professor, muito menos o próprio aspirante.

Mas é certo que o ambiente de oficina literária é o melhor lugar para se darem os primeiros passos. Fiz algumas delas durante a faculdade na Uerj. A melhor delas, que pude frequentar durante um ano inteiro, foi a do Antônio Torres, num curso do programa Escritor Visitante. O autor de *Essa terra*, que acabou se tornando meu amigo de vida inteira, trabalhava os textos de cada um dos alunos, fazendo com que todos nos lêssemos e apontássemos qualidades e defeitos no que estávamos produzindo. E por várias vezes levava outros autores para conversar conosco, e daí também recebíamos dicas preciosas de autores bem diferentes, como Carlos Heitor Cony, Mauro Pinheiro, Ronaldo Wrobel e o saudoso Alcione Araújo. Essa base de perspectivas deu à turma, ou pelo menos para mim, a ideia da literatura como uma experiência compartilhada. A solidão da leitura silenciosa e o isolamento para a escrita em si são outros quinhentos.

Oficinas de literatura são locais não onde as coisas são consertadas, como as de carros, mas onde são experimentadas em busca de melhores resultados. Vejo-as mais como laboratórios, no sentido de pesquisa do termo, e no lugar de tubos de ensaios e microscópios existem ideias, que se vertem – laboriosamente – em palavras, sentenças e textos em prosa e verso. Por falar em verso, creio que é a categoria que mais precisa de oficina de leitura e escrita. Muita gente escreve poesia mas não lê muito, várias vezes com a conversa fiada de que os versos são inspirações que brotam do fundo d'alma – a literatura para crianças padece do mesmo mal. O poeta Paulo Henriques Britto, que domina técnica de cabo a rabo e ministra uma oficina de criação poética na Puc-Rio, já me disse que uma parcela de alunos se pirulita das aulas quando descobre que é preciso aprender a dominar as famigeradas e temidas formas fixas antes de praticar os suaves e *mudernos* versos livres.

Por esses dias, participei de um bate-papo sobre poesia com duas jovens poetas. Na hora das perguntas, uma senhora da plateia argumentou que a poesia de verso livre não pegou, pois à época se liam e se decoravam os poemas de Castro Alves, Augusto dos Anjos e quetais, coisa mais difícil com a poesia não metrificada. Imediatamente me veio na cuca a etimologia do termo decorar, que é guardar no coração. Perguntei o nome da senhora: Nêmesis.

Imediatamente me transportei para o início da década de 1990, quando trabalhava no McDonald's. Como todo adolescente tímido, pobre e feio (hoje sou menos os dois primeiros, e só), era uma dificuldade abordar as meninas por quem me apaixonava para sempre durante uma semana. Na escola, era bom em redação e tinha certa facilidade em memorizar regras, fórmulas, macetes e, também, frases e versos. Daí que, como gostasse de poesia também, comecei a decorar sonetos de poetas como Vinicius de Moraes, Drummond, Bandeira e Álvares de Azevedo. Alguém tinha me dado uma edição antiga do livro *Teoria literária,* do Hênio Tavares, calhamaço que eu gostava de ler sem compromisso. E então, quando podia abordar as meninas, logo me oferecia para escrever, ali na hora, um poema para elas. Pegava um papel e, meio Chico Xavier, tascava rapidamente decassílabos como "De tudo, ao meu amor serei atento" e ia embora. Ainda que a taxa de sucesso nessa estratégia não fosse maior que 10%, com o tempo essas leituras me deram uma percepção poética boa, de modo que, quando comecei a estudar poesia mais a sério, já tinha dominado tecnicamente boa parte das temidas formas fixas. Por isso acho, até hoje, que escrever versos brancos é bem mais difícil.

Essa volta à adolescência para tentar entender mais um pouco do que tento escrever hoje não vem desacompanhada de uma perspectiva de compreensão de mundo. Neste meado de dezembro, quando geralmente se faz um balanço de fim de ano, vem sendo um momento para olhar o saldo da vida inteira, talvez o que muitos chamam de crise dos 40. Enquanto escrevo esta crônica, ainda tenho 39 anos, e provavelmente agora, enquanto está sendo lida, já terei cruzado a fronteira simbólica rumo aos "enta".

Publiquei meu primeiro romance em 2015. Depois de uns 10 livros passeando por poesia, conto, infantil, juvenil e crônicas, achei que era hora de trabalhar num texto mais longo, que não tinha feito ainda por falta de tempo para me dedicar a uma empreitada de maior prazo. Trabalho desde os 14 anos (antes de entrar no McDonald's aos 15, fui ajudante numa barraca de cachorro-quente) e sou escritor de contraturno, como é a maioria. Mas como sobrevivi em 2014 a uma tese de doutorado, cheia de regras acadêmicas e outros gueriguéris, saquei que na verdade eu não tinha escrito um romance ainda por pura preguiça e desculpa esfarrapada, visto que o meu subconsciente devia me puxar mais para a prática de ver filmes, séries e jogar videogames.

Então me lancei na ideia de retornar a um tempo que, para mim, foi tão belo e trágico: a primeira metade dos anos 1990. Tinha revisitado um poema que a prefeitura havia me encomendado para um projeto sobre a cidade e mudanças. Essa demanda chegou em boa hora, pois ao passar pela Taquara, fiquei triste ao ver que o McDonald's onde eu me iniciara na vida do trabalho, em 1991, havia desaparecido para dar lugar a uma passarela do novo ônibus expresso carioca. E mesmo com o poema, ainda fiquei irrequieto com a ideia de que as memórias da minha geração estavam sendo também demolidas.

Não sei por que motivo, esse período entre o *impeachment* do Collor e a estabilidade econômica é pouco trabalhado na literatura. Talvez, ao voltar no tempo, a turma prefira ir mais para trás e mergulhar na ditadura, que é um prato cheio para qualquer manifestação artística. Considero esse período dos anos 90 um tempo em que o país se olhava, após as a burrada que fez nas primeiras eleições diretas em muito tempo, meio que se perguntando "o que fizemos?", como o famoso meme do John Travolta. No meio daquela hiperinflação e desemprego, as classes mais pobres, como a minha família, só se lascavam mais uma vez.

Não faz diferença para o leitor o que se passa nos bastidores de um livro. A chamada autoficção, em que a literatura pega fatos realmente ocorridos e brinca com o leitor, pode ter diferentes matizes e técnicas envolvidas, mas ao optar por esse período e situar a história basicamente numa lanchonete de fast-food tive que pensar, primeiramente, no que deveria evitar:

1 – Escrever um metalivro. Gosto de ler esse tipo de história, mas acredito que no fundo livros que tratem do meio literário interessam mais a quem é da área.

2 – Produzir um calhamaço. Os livros que ficam em pé sozinhos estão voltando à moda. No entanto, ainda que o romance permita uma gordurinha, não curto obesidade mórbida, salvo para projetos literários específicos e de longo prazo.

3 – Agradar colegas de escrita ou demais gente da área. Nesses 15 anos em que circulo pelo meio literário, já vi todo tipo de armadilha em que um novo autor pode cair, uma delas é escrever aquilo que está na moda ou rende pautas. Não sou mais novo, sou seminovo. Tomei algumas opções narrativas que, na hora, já me deixavam claro que poderiam desagradar meus colegas. Já tem gente demais escrevendo para escritores.

4 – Escrever algo que não exija nada ou apenas incomode o leitor. Como venho de classe pobre, o lance mais fácil seria escrever algo com muito realismo e violência. Não é só isso, poxa, fora da zona sul também se curtem poesia e ideias complexas. Professores e jornalistas que não saem da parte rica da cidade criaram um estereótipo de periferia e subúrbio que não condiz muito com a realidade. Certa vez uma figura respeitada das letras me disse, cheio da boa intenção mas com um rótulo nas palavras: "Como vem do subúrbio, você não devia fazer sonetos, e sim hip-hop." Aqui, ó.

5 – Emular Kafka, Proust, Joyce, Faulkner ou David Foster Wallace. Já passei da idade de matar o pai. Se pudesse imitar algum gênio, seria o Millôr Fernandes, mas ele é tão imitável quanto Pollock.

6 – Fazer uma experimentação inédita e vanguardista em termos técnicos, reinventando a roda. Mais uma vez, já tem muita gente fazendo isso.

7 – Escrever um livro sobre jovens que um jovem de hoje não possa ler. Isso seria um contrassenso. Aliás, minha grande curiosidade era ver como jovens nascidos já com a situação do

país mais tranquila iriam encarar uma história passada naqueles loucos anos 1990.

E assim, tirando a gordura do que não fazer, mergulhei nos anos 1990 para fazer um romance de formação – ou *bildungsroman* para os íntimos. Coloquei personagens sem nome, pois, além de gerar certa empatia com o leitor, poderia representar um país que se também descobria, errando e tendo que seguir em frente. Perto do fim, mudei da terceira para a primeira pessoa. Pelas semelhanças cronológicas e fatuais, tinha certo pudor de ficarem pensando que o personagem era eu, daí a terceira pessoa. Mas ao experimentar a primeira, caiu a ficha de que um efeito que poderia surgir era o leitor pensar "putz, esse garoto sou eu". E felizmente algumas resenhas, especialmente em blogs de jovens, apontaram para isso.

Uma ironia cruel é estarmos vivendo o início de uma crise econômica como não se via desde esse período. E política também, com direito ao termo *impeachment* voltando à baila. Sorte que tudo o que nos espera na esquina sempre é, felizmente, um mistério.

Diferentemente do que eu pensava quando tinha 15 anos, agora na beira dos 40 não tenho muitas certezas sobre a maioria das coisas. Mas talvez olhar para trás permita que a gente se prepare um pouco mais para seguir em frente. Ao ter retornado aos anos 90, me colocando de volta atrás do balcão para olhar para a realidade que me cerca, foi um passeio interessante e produtivo. Enquanto fazia o movimento de infinito andando para trás ao passar o esfregão, sem saber estava cursando minha primeira oficina literária.

# Uma canção para as Beatrizes

*Adolescente luta para superar trauma de estupro coletivo na Praça Seca*
*Os alunos do Ciep municipal Carlos Drummond de Andrade, na Praça Seca, Jacarepaguá, estão sendo praticamente expulsos da unidade, devido aos ataques frequentes de vândalos e bandidos. No fim de semana passado, o Ciep foi invadido e totalmente depredado.*

Eu preparo uma canção que faça acordar os homens e adormecer as crianças. "Canção amiga", poema de Carlos Drummond de Andrade, na nota de cinquenta Cruzados Novos. Lançada em 1989, ano em que estudei no Ciep. Beatriz não tinha nascido ainda.

Em pouco tempo, a nota deixou de valer, e desapareceu. Mas a escola não foi tirada de circulação. Foram lhe tirando a carne, o ritmo, o alimento, mas a poesia dela continuou. O prédio, esse retângulo cheio de olhos para a rua, é uma carcaça de outros tempos gloriosos e imponentes, como um cemitério de elefantes. As coisas findas, muito mais que lindas, essas ficarão. E ficaram.

Os homens adormeceram e despertaram as crianças. A Beatriz nasceu nesse mundo caduco, onde meus companheiros estão ainda todos taciturnos mas nutrem grandes esperanças. Seguimos de mãos dadas.

Eu tinha 13 anos quando estudei no Ciep. A Beatriz não estudou lá, mas foi por essa idade que ela já despertou outra criança, porque foi essa a canção amiga que o mundo cantarolou nos seus ouvidos. E é a canção que continua reverberando em tantas beatrizes para as quais estamos cegos.

Foi semana passada que aconteceu essa mescla trágica dos abandonos.

Por isso eu te peço perdão, Ciep, por te estuprarem.

Por isso eu te peço perdão, Beatriz, por ter sido invadida.

Eu te peço perdão, Ciep, pois quem devia te proteger foi te deixando pouco a pouco à mercê da crueldade animalesca dos homens e do mundo.

Eu te peço perdão, Beatriz, por dizerem que a culpa foi tua, por não haver porteiro nem vigia noturno, e tuas instalações estarem acessíveis para qualquer um que estivesse de passagem por ali.

Eu te peço perdão, Ciep, por te dilacerarem covardemente. Dói na alma, mais que no teu útero, e só tu entendes, só tu sentes as consequências que virão nas sombras de cada dia.

Tu sabias dos riscos, Beatriz, apesar da aparente segurança do teu entorno. E assim foi que te lançaste à sorte dos murmúrios, da oferta fácil para quem quisesse violar os teus recursos.

Enquanto tu dormias, Ciep, invadiram também os teus sonhos, e eles foram depredados quando deviam ter sido erigidos por essa massa abstrata que chamamos de sociedade.

Somos e seremos sempre os teus alunos, os teus filhos, teu reflexo mais profundo. E é por isso, Beatriz, que o teu abandono não é absoluto nem permanente. Tua estrutura permanece, e de ti não desistiremos.

Porque o que te levaram, Ciep, não destrói em definitivo a tua estrutura, que é humana.

Tu não és a primeira Beatriz invadida e depredada, tu não és o primeiro Ciep estuprado. Tampouco garantimos que serão os últimos.

Mas apenas hoje, no espaço limitado e tímido de uma crônica, eu te peço perdão, mas espero que não nos perdoe. Sobretudo, não nos perdoe, pois do perdão salta-se rapidamente para o esquecimento. Não nos perdoe, porque tu és a verdadeira rosa do povo, e rogo que nos lembre a cada dia do cuidado com a tua existência bela, imperfeita e necessária.

P.S.: amanhã, dia 01/06, vou ao Ciep Carlos Drummond de Andrade com outros escritores voluntários para um dia de atividades culturais oferecidos a alunos e professores, que estamos chamando de POEMAÇO. Esta crônica será lida em homenagem à Beatriz.

# POEMAÇO contra o olvido

Estive no Ciep onde estudei, que havia sido invadido e depredado. Conforme ameacei na crônica anterior, reuni um grupo de escritores de primeira e fomos lá conversar, ler poesia, gritar, rir e chorar com alunos e professores. Apelidamos o evento de POEMAÇO (assim, em maiúsculas mesmo) e fomos lá no famoso CDA, como é conhecido o Centro Integrado de Educação Pública Carlos Drummond de Andrade.

Fui aluno dessa escola em 1989, ano importantíssimo da nossa história – tanto que usei como ponto de partida para o primeiro romance: queria revisitar a época transportado com o olhar da ficção. Antes, meu irmão e eu tínhamos sido alunos de outro Ciep, na Av. Brasil, onde também retornei há uns anos para conversar com umas turmas. Sempre que passo em frente a essas escolas, um pequeno filme é exibido na cuca, tanto das coisas boas quanto das ruins que aconteceram nesses espaços.

Nosso pingue-pongue sobre a tampa da caixa d'água, vez por outra, era interrompido por um tiroteio que nos fazia correr para dentro do prédio. Nesse período fazemos amigos de quem temos saudade a vida inteira. Reencontrá-los nas redes sociais ameniza um pouco, mas a vida adulta mostra naquelas fotos apenas umas frestas da lembrança, uns vestígios dos garotos que um dia fomos, num sentimento *mezzo* doce *mezzo* triste.

Veio agora uma frase do Millôr Fernandes: rever é perder o encanto. Mas revisitar a escola onde se estudou é outro lance. Voltar para o Ciep CDA teve agora um sentido maior que um reencontro – mesmo porque tenho ido lá nos últimos anos, regularmente, inclusive uma aluna me mostrou no celular uma foto nossa do ano passado. Agora a escola tinha sido invadida, quebrada e roubada, como se já não bastasse o abandono pelo qual vem passando ao longo de tantos anos, de tantos governos.

Assim como vários escritores, tenho um carinho especial por escolas. Mesmo não sendo um autor de editoras didáticas – essas que fazem um trabalho mais incisivo nas redes públicas e particulares, algumas colocando a visita do autor condicionada à adoção dos seus livros –, raramente recuso um convite, dando um jeito de encaixar no meu pouco tempo livre. Fui professor de sala de aula por apenas um ano, depois mais um em cursinho, e abandonei uma matrícula da rede estadual mesmo antes de assumir o cargo. Creio que a presença na condição de autor permita um tipo de didática diferente sobre ideias e livros, que se soma ao trabalho da escola – ou talvez só sirva para isso mesmo. Há uns anos, aceitei o convite da Secretaria de Educação do Estado para um cargo de gestor, confiante na possibilidade de fazer mais pela rede pública. Nas reuniões com as outras chefias, via mais especialistas em Power Point e anglicismos da moda do que gente preocupada com os muitos problemas por que passam as escolas. Tratar de questões diretamente ligadas ao ensino era, muitas vezes, motivo de piada, num tipo perverso de bullying. Minha indignação só aumentou.

Assim como política, religião e futebol, é comum encontrarmos a todo tempo especialistas falando bonito sobre educação. De candidatos bem-intencionados a tubarões que fornecem serviços e produtos salvadores, soa estranho quando vemos o que de fato chega à garotada, o que realmente se converte em ensino.

Daí a importância do POEMAÇO. Foi nessa escola que li pela primeira vez o poema "Memória", do Drummond. O verso "nada pode o olvido" foi estranho porque não conhecia essa palavra – parecia "ouvido" escrito errado. E aprendi, para nunca olvidar, que significava esquecimento. Semana passada tivemos mais um dia de aula. Meus colegas de ofício, Écio Salles (saudoso e querido), Flávia Côrtes, Otávio César Jr. e Letícia Brito foram lá comigo e me ajudaram a misturar a vida da escola com a escola da vida, dizendo para aqueles jovens que nunca se esqueçam daquele tempo precioso. Conforme aprendi num livro de literatura, a poesia é atemporal, e por meio dela é que podemos aprender sobre passado e futuro, como se fosse nosso dever de casa.

# As palavras pequenas

Certa vez visitei uma ONG aqui em Jacarepaguá, a fim de fazer uma leitura para as crianças que ela atende. Eram coisa de 30 pessoinhas entre 4 e 6 anos, residentes ali da Cidade de Deus. A minha Bianca estudou com duas das professoras de lá, e sempre dizia que as amigas queriam que eu fosse conhecer a garotada.

Aproveitei o lançamento do novo livro infantil, *Palavras pequenas*, que foi pensado justamente para essa galera, e fomos lá. A Bianca me deu a ideia do livro há uns anos, quando estudava a obra da psicolinguista argentina Emilia Ferreiro. Lembro-me bem: estava dirigindo e a minha mulher – então namorada – me falava sobre essa questão das crianças sentirem dificuldade de representar um elefante, que é uma coisa imensa, com poucas letras, enquanto uma formiga é bem diminuta e tem quase a mesma quantidade de caracteres. Não consigo conversar direito enquanto dirijo, e chego a interromper uma frase no meio quando faço uma curva de 90 graus, retornando a ela apenas quando sigo novamente em linha reta, o que já se tornou motivo de trollagem geral – à qual respondo com o argumento bobo de que homens são focados etc. Mas ainda assim a ideia estacionou num canto da minha cuca e engrenou depois sob a forma desse livro.

Mesmo usando meus moleques aqui em casa como cobaias dos meus escritos para crianças e jovens – espero não estar causando nenhum trauma com os experimentos que não dão certo –, não havia feito ainda um *test-drive* com um grupo maior de crianças, pois o livro sequer foi lançado. Ele é mais enxuto de texto e maior em termos de ilustrações, feitas pela também argentina Anabella López e, sobretudo, de ideias. Nesses casos, a figura do autor se resume a passar o recado e esperar que elas, as ideias, cutuquem de alguma forma a cabeça dos leitores.

(Peraí, mas não seria essa a função da literatura como um todo, recado e esperança? Bem, por essas e outras que, a meu ver, os livros para crianças trazem sempre algo de fundamental que, muitas vezes, fica em segundo plano no mundo literário dos adultos.)

Em dado momento, quando disse que o protagonista do livro, chamado Leo, descobre que palavras pequenas representam coisas grandes, como "céu", comentei que se trata de algo muito vasto e distante. "Ninguém consegue tocar no céu, mesmo subindo ali no alto daquele morro, porque fica muito longe", e apontei para o ponto mais alto nas proximidades, onde fica a Igreja do Loreto.

Depois que terminamos a leitura, a professora conduziu uma oração junto com as crianças, seguida por um mega abraçaço que vai me aquecer para o resto da vida. Não sou religioso *stricto sensu*, mas no sentido *lato* foi impossível não segurar as lágrimas com aquela retribuição.

Quando me recuperava, uma menina bem pequenininha se aproximou e disse uma das frases mais agudas e fortes que já li ou ouvi: "Tio, o meu pai tocou o céu".

E ficou me olhando para ver se eu entendia a sua metáfora, que está além dos livros e, com um poder imenso, inverteu nossa posição, pois agora ela era a escritora que passava recado e esperança para o seu leitor. Surpreendido e atônito, pensei "o meu também, minha amiga, mas você é ainda tão jovem para esse enredo".

E não formei palavra: na limitação do meu silêncio, como se estivesse fazendo mais uma curva na estrada dos meus dias, consegui apenas dar mais um abraço nela.

# Carta à leitora marginal

Prezada leitora,

Estive por esses dias em Curitiba, essa cidade tão bonita e literária. Acho que é, hoje, a melhor capital do país para a antiga prática da *flânerie*. *Flânerie* era essa coisa de andar a pé sem muito compromisso, colhendo elementos da urbanidade que poderiam se converter até em poemas e crônicas. Sim, hoje também há muitas pessoas querendo colher pokémons, mas não sei se a metáfora funciona.

Sei que você vai dizer que elogio a cidade porque não moro nela. Que bastaria um mês vivendo aí para que fosse assolado pelo tédio, as temperaturas que variam abruptamente ao longo do dia e a violência que não para de aumentar, fora os engarrafamentos. Digo algo parecido com quem vem ao Rio de Janeiro e se encanta com a cidade. Agora mesmo nas Olimpíadas propus o clássico "vamos trocar então", para várias pessoas residentes em locais menos caóticos.

Mas é que Curitiba tem um tipo de mistério aberto, um claro enigma que nos (ou pelo menos me) convida para desbravar a cidade. Entre uma ida a restaurantes e outros pontos turísticos, encontramos os irresistíveis sebos de rua. Num deles fiz umas compras legais a preços camaradas. Entre os quais aquela primeira edição do *Quase Memória*, do Carlos Heitor Cony. Sim, aquela que tem um balão na capa. E a memória me levou de volta ao ano em que li o livro, 1997, quando estudava Letras de manhã e trabalhava numa locadora – segurando o exemplar, quase consegui ver uma fita de VHS não rebobinada. O Seu Armando, dono da locadora, era um grande e afiado leitor. Fazíamos nossos debates literários e esse livro rendeu um papo que me acompanhou para sempre.

Mas os livros dos sebos também têm suas memórias, e nesse tem uma dedicatória: "Tão banal, tão ele, tão grande. A meu pai, uma eterna criança." É difícil não se comover. E também não imaginar todas as histórias ali por trás, que casam inclusive com o conteúdo do romance. Meus literocomparsas já exploraram essas pegadas dos livros: o Marcelo Moutinho fez um conto só com dedicatórias, e o Flávio Izhaki usou esse mote de anotações em livro, inclusive comprado num sebo de Curitiba, para seu primeiro romance, *De cabeça baixa*.

Outra grande surpresa foi encontrar um exemplar do meu primeiro livro, *A musa diluída*, cheio das suas anotações. Ele foi lançado há quase dez anos, e não sei em que período passou pela sua vida. Mas saiba que você deixou rastros nos poemas, sublinhando, riscando e completando com outras ideias. E com o seu texto me parece agora que se trata de outro livro, mais completo – ou menos incompleto – após a uma boa leitura.

"O que é poesia? Poesia é susto. O que faz um poeta? Ficar no que se é! Sobre a desesperança. A vida além do verso. O poeta é uma imitação de si. A noite é branca. Destino = distração", vai escrevendo nas margens, comentando para si mesma. Acho que você notou que é um livro cheio de alusões líquidas, e vai nadando verso a verso, braçada a braçada, mergulho a mergulho. Mas quem sou eu para saber das suas águas, e o que se esconde na profundidade desses redemoinhos?

Como os envolveu a caneta e fez um comentário ao lado, você parece ter gostado muito do verso "Uso os braços para escrever e para dar adeus", e mais à frente "Eu canto os meus contemporâneos / Solitários peterpânicos". Terá se identificado por conta de um fim de namoro, a perda de um familiar, o isolamento numa noite de domingo em pleno inverno curitibano? Ou apenas encontrou relação com algo com que trabalha ou estuda, apontando para essas fragmentações e rupturas teóricas da tal pós-modernidade? Ou apenas passava o tempo enquanto esperava um ônibus desses de tubo?

Antes de ter seus livros publicados, muitos autores pensam que, após essa conquista, irão receber muitas coisas materiais e imateriais, como prêmios, convites para eventos, reconhecimento público ou de crítica e até, veja só, dinheiro. Depois de um tempo, e te digo como esses dez anos foram importantes para que eu conclua isso, parece que é mais o contrário.

Em livro, livramo-nos também de algo que nos inquieta e às vezes consome, e nesse momento as ideias guardadas nas páginas fogem a qualquer suposto controle que tínhamos sobre elas – daí a relativa desimportância de críticas, sejam positivas ou negativas. O importante é estarmos livres para as novas distâncias e proximidades, que por sua vez podem se transformar em novas inquietações e livros. E assim segue o barco.

Por isso te agradeço, leitora. Talvez sem saber, seu texto me espelhou novos sentidos para um sentimento que é, em tempo, vida e poesia, bem mais que memória.

# Manoel de Barros como antídoto para o mundo caduco

Lembro-me de quando estive entre Campo Grande e Corumbá, no Mato Grosso do Sul. Ainda que minha ida para aquelas bandas tenha sido em missão de trabalho, tentei aproveitar cada intervalo para ler as entrelinhas das cidades, como sempre faço. Nunca tinha ido a esse estado, de modo que, entre reuniões e visitas a espaços durante manhã, tarde e noite, me vali da perspectiva da primeira vez para ser tomado pelas surpresas das descobertas.

Levei comigo na bagagem de mão, além do livro de contos do Alberto Mussa (escritor carioca que é uma mistura de Jorge Luis Borges com o seu melhor amigo da vida inteira) e o Nintendo portátil, o volume das *Memórias Inventadas – As Infâncias de Manoel de Barros*. Há umas semanas tinha salpicado um verso desse livro para uma revista, que me pediu cinco frases de livros que me marcaram na vida. Por frase entendi também verso. Acho que basicamente a diferença entre os dois é que, no caso do verso, você não precisa ser egoísta de ocupar a linha inteira, deixando um espaço para o leitor preencher, mesmo que seja com a cuca.

E foi com o embalo dessa leitura que a cidade me recebeu: com lacunas e incompletudes que, numa paradoxal *flânerie* às pressas, um vagar corrido, fui escrevendo com o supetão de quem precisará voltar lá em não muito tempo. Disseram-me, e logo confirmei, que os sul-mato-grossenses são apaixonados por Manoel de Barros.

Sul-mato-grossense: esses hifens fazem a palavra parecer um trem. Existe por lá o Trem do Pantanal, que antigamente fazia o trajeto Bauru até Corumbá, mas foi desativado. Faz apenas o trecho de Campo Grande até Miranda, mas pouca gente procura por ser um passeio lento demais, e preferem pegar logo a estrada, mais rápida. E foi nela em que um oceano composto por centenas de bois brancos surgiu, desacelerando o trajeto, ruminando o tempo. Boitempo, como o do Drummond.

Manoel de Barros, que criou gado e devia saber disso, nasceu em Cuiabá, mas se mudou cedo para Corumbá e viveu boa parte da vida em Campo Grande. Imagino que os dois estados do Mato Grosso, o com Sul e o sem Sul, devam requerer a paternidade do poeta pantaneiro. Mas de tanto falar da terra e das miudezas, Manoel de Barros transcende qualquer chão, universal feito a cócega e a chuva.

Em dezembro o poeta faria 100 anos. Provavelmente lá as pautas dos jornais vão se voltar para o assunto e muita gente vai ler, mesmo que só pela internet, alguns poemas do Manoel. Não sei como estaremos lá no fim do ano: as previsões econômicas não são boas e nas redes sociais há um tempo as pessoas estão iradas e cheias de certezas sobre as coisas e o mundo. Sorte que economia, apesar da rima, é o oposto da poesia, e que a tecnologia ainda não conseguiu parar as rodas do tempo ou trazer imediatamente, para a vida real, a violência de um post.

Em Corumbá, zapeando a televisão no hotel, assistia aos depoimentos dos senadores. Tratava-se, provavelmente, do fato mais importante que acontecia no país naquele dia, naquela semana, naquele mês. Mas para mim – e digo isso até com a não-saudade de quando trabalhei no governo e descobri que tudo lá é um grande teatro – o fato mais relevante desses dias foi conversar com uma turma de garotos sobre criação literária na beira do rio Paraguai, na fronteira com a Bolívia. Tratava-se, ali sim, de discussão séria sobre como reinventar o mundo por meio das palavras e das ideias.

Tecnicamente, o Manoel de Barros utilizava recursos simples e profundos. Entre a humanização das coisas e a coisificação do homem, o poeta nos lembrava da importância daquilo que, ao que parece, a humanidade está deixando para trás. Então em algum lugar do futuro, talvez, a gente se lembre um pouco mais das inutilezas do que nos cerca, como um antídoto para dias tão prosaicos.

Por alguns instantes, pelo menos, seremos todos tão livres e importantes quanto o menino que carrega água na peneira.

# Retratos 3x4 da leitura no Brasil

Acordo num sábado preguiçoso e constato que estamos sem internet. Não há previsão para retorno, o que deixa o meu caçula frustrado porque desejava muito jogar Counter Strike no meu computador enquanto eu ficaria lendo na varanda, como sempre faço aos sábados. Em vez de jogar, fui ler com ele um livro infantil de um amigo. Alternamos as estrofes rimadas, ele ficou feliz, fui ler na varanda e depois vi que o moleque estava no meu computador. É possível jogar contra *bots,* mesmo sem internet. "Amanhã vamos ler aquele seu livro inclinado?", ele pergunta enquanto detona os *bots* com *head-shots.*

***

Um primo mais novo, que nunca vi com livro algum, posta no Facebook várias fotos da capa de *Cinquenta tons de cinza,* acompanhados de uns trechos mais picantes. Acho engraçado, cogito se não é a mulher dele quem está lendo e postando, mas não curto nem compartilho. Não quero saber o motivo, por fim imagino se não é o primeiro livro que ele lê fora da escola e qual foi o trajeto até um encontrar o outro.

***

Uma senhora, acompanhada de uma jovem, toca a campainha de casa e me oferece a revista *A Sentinela – anunciando o Reino de Jeová*. Diz que é uma campanha especial do mês para o assunto da edição: "Quem pode nos dar verdadeiro consolo?". Sinto-me com uma pitada de culpa pelo quase inevitável duplo sentido que atribuo ao termo, o mesmo que tive ao reler outro dia o belo poema "Consolo na praia", do Drummond. Olho para a rua e vejo que há outras duplas atendendo nas casas vizinhas, num pequeno mutirão. A senhora abre as páginas da revista e me explica que todos os textos são fundamentados na Bíblia, com as devidas indicações. Lembro-me de uma frase que acho ser do Millôr, como todas as boas frases devem ser: "Se Jeová fosse isso tudo, não precisava de testemunha". Diferente de outros que nos batem à porta, a senhora não pede nada e se despede. Antes de ir, dou um beijo na sua mão.

***

Uma amiga escritora comenta nas redes sociais uma notícia da *Superinteressante*, na qual são listados os livros mais vendidos no Brasil e Estados Unidos nos últimos anos. Aponta para o fato de que, dos anos 1990 para cá, nenhum livro de literatura brasileira figura na lista. Nos comentários, várias teses surgem para esse fato, inclusive algumas minhas. Volto uma semana no tempo, quando falava na Bienal sobre prêmios literários (os grandes prêmios, ui, ui) e seu (difícil) papel para formar leitores. Éramos interrompidos a todo tempo pelos gritos de jovens no evento do espaço ao lado. Gritavam feliz e histericamente porque estava lá um *youtuber* famoso lançando um livro. "Nossa função deveria ser o de construir uma ponte entre esses dois mundos", falei, meio sem eco porque talvez haja um oceano no meio.

***

Meu moleque mais velho lê o meu exemplar de *O Hobbit*, que agora é nosso desde que ele conserve. Enquanto almoçamos os hambúrgueres que fritei na pressa, comenta que o Gollum não é um cara ruim, coitado. No jogo da leitura, ele parece fingir que não viu os filmes, esperando que as próximas páginas tragam surpresas.

***

Jogo sinuca com dois camaradas que também atuam atrás do balcão da literatura, cada um num segmento diferente. Falamos, com a sinceridade única que apenas um ambiente de bar permite, de todos os assuntos intra, inter e extraliterários. Não jogo sinuca direito mas, depois de umas e outras, por algum motivo, começo a acertar melhor as caçapas. Enquanto isso, descobrimos e detalhamos todas as soluções para melhorar a leitura no Brasil. Agora que as esqueci totalmente, não sei por que tomamos apenas cervejas e não notas.

# Jovens leitores por um autor seminovo – parte 1

Outro dia participei de um bate-papo numa livraria, coisa que gosto pacas de fazer, agora que sou um ex-tímido. O título era "Encontro com jovens escritores", de maneira que, do alto dos meus 39 anos – seminovo, no estado, lataria com mossas aqui e ali, conquanto motor ainda suficiente para uns bons quilômetros estrada –, ser enquadrado no rol dos jovens me deixa felizmente fora de um hai-kai cruel que se aplica a determinados colegas contemporâneos, nos quais sempre vale dar uma trollada: "de tudo o que mais me irrita / é bancar o garotão / e não passar de um tio sukita". Trollar, *negódi* nerd.

E já que não me foi outorgada a categoria dos semivelhos, aceitei a convocação de boa.

E o lance descambou para a questão dos jovens leitores. Acho que pensar sobre as juventudes é algo bem importante hoje. Pode não parecer mais uma novidade, mas há poucas décadas o jovem não passava de um meio termo, nem criança nem adulto, situado num entrelugar desajeitado da sociedade. O jovem pobre, então, era um potencial quizumbeiro, cujas atividades só eram amainadas por medidas coercitivas, sendo amontoados em instituições como a Febem. A situação está longe de ser resolvida, mas tenho visto caminhos sendo bem trilhados. O Estatuto da Juventude só foi sancionado recentemente (antes só havia o ECA), e mesmo lugares que antes eram carceragem hoje abrigam importantes projetos voltados exclusivamente para jovens, como o maneiríssimo Plug Minas, em Belo Horizonte, onde cada prédio da Febem se tornou um núcleo de criação de arte e cultura para a garotada. Na minha época (opa) não tinha nada disso.

E se o jovem é o protagonista de tanta coisa – vide o junho/2013 –, no mundo da leitura não é diferente. Há uns anos ninguém poderia prever que a turma mais nova iria ler tanto que se expandiria mais para a frente, criando um filão de mercado chamado jovem adulto, que lota os grandes eventos de livros, onde se veem garotos e garotas carregando pilhas de calhamaços. Fãs, fanáticos por livros. Que maravilha.

Cresci ouvindo a máxima de que jovem não gosta de ler, escrever menos ainda, e fui para o caminho inverso, só de ruim. Depois, quando surgiram os computadores e toda a revolução digital, ouvia especialistas alarmados sobre a morte do livro, o fim da leitura etc. E se a TV sempre foi o inimigo, chegara ainda o comparsa videogame: as crianças que jogavam iriam maquinalmente crescer repetindo as ações dos bonequinhos da tela. E, sinceramente, não vejo ninguém por aí dando cabeçadas em blocos de onde saem moedas e pulando sobre tartarugas, ou mesmo pessoas tomando pílulas num labirinto escuro para depois devorar os fantasmas que antes o perseguiam. Aliás, ao terminar de escrever esta crônica devo jogar uma partida de futebol aqui no PC com a minha molecada: vivo tentando reaprender coisas com eles.

E por falar em reaprender, na rearrumação da biblioteca encontro um volume de crônicas de educação da Cecília Meireles. Lá pelo início da década de 1930, motivada pelo movimento da Escola Nova, a poeta escreveu no Diário de Notícias uns textos que caberiam bem aos nossos dias. Sobre o que leem os adolescentes na sua busca de um mundo distante para se fixar: "Se de súbito lhe dirigirmos a palavra, acordarão perplexas, tontas ainda das paisagens por onde andaram, embevecidas pelos diálogos que ouviram. / Sairão de dentro da sua profunda leitura com um suspiro longo, tão longo, que se sente bem por que distâncias andavam."

Algo não mudou muito no teor dessas leituras, e a Cecília, como todo bom poeta e demiurgo, nos deixou o recado, de forma crítica e reflexiva. E hoje o próprio jovem busca a sua voz como autor.

Mas sobre isso continuo teclando semana que vem, pois agora é hora do nosso futebol aqui. Fui.

# Jovens leitores por um autor seminovo – parte 2

Ao fim da última crônica, fui jogar futebol no computador com meus moleques. Ainda que entrasse em campo com a vantagem do vivido, estufando o peito para dizer que bato bola numa tela desde a época do Atari, quando a pelota era um quadrado, levei uma surra fenomenal. E quando jogamos de verdade, o mais novo, tão ágil quanto magricela, me humilha sem muito esforço, fazendo-me lembrar daquela frase do Quintana, sempre exato: "A experiência é um médico que chega quando o doente já morreu".

Só me resta praticar e tentar entender a rapidez com que essa molecada lida com o real e o digital. Sou de um tempo – perdão pela expressão esclerótica, eivada de um saudosismo caquético, quando tudo parecia melhor sob o filtro otimista da memória – em que se pensava no real *versus* o digital (quando ainda se chamava virtual), uma ideia ou tecnologia chegava para substituir a outra, e não se somar. Acreditava-se que a única coisa que ao mesmo tempo era analógica e digital era o exame de próstata.

E, assim, a fotografia iria matar a pintura, o cinema atropelaria o teatro, a televisão iria violentar o rádio (o teatro também), o videocassete exterminaria o cinema, e os videogames iriam fazer todo mundo se matar. Volto aos games como um caso interessante porque trabalhei numa videolocadora durante anos, enquanto estudava Letras, e gostava de conversar com os clientes sobre os filmes e os jogos. E o que se vê é que tudo convive e, com alguma sagacidade, se apoia.

E a leitura/literatura com isso? É interessante ter acompanhado a transição de algumas safras, e ver que, para os da chamada geração Z (nascidos de meados dos anos 1990 para cá), o mundo dos livros é tão apetitoso quanto os de qualquer outra possibilidade, suporte ou meio de se receber bom conteúdo. E por isso mesmo é que eles se tornaram também grandes produtores de conteúdo, utilizando também todas as formas de divulgar seus trabalhos que estão disponíveis. Não são mais tão raros os casos de autores amplamente lidos, analisados e comentados apenas nas redes sociais, ainda que desconhecidos nos meios oficiais e "sérios" da grande cultura, como se estivessem num mundo paralelo. E quem, afinal de contas, é o paralelo nessa história? Na verdade, ninguém.

Quando surgiram os blogs, nos longínquos anos 2000, encabeçamos neles por conta das possibilidades de trocas de leituras e conexões. E meu grande aprendizado foi a relevância de contar com mais um canal para tentar cultivar e cativar leitores, algo que os mais novos já fazem com eficácia.

Nesta semana, recebi uma ligação de uma mulher, cuja filha de quinze anos acabara de escrever um romance e havia recebido uma proposta de uma editora. Conversando no viva voz com as duas e o pai, me pediram dicas de como proceder com contratos, capa, vendas etc. Não sou consultor editorial e espero ter dado conselhos positivos, mesmo porque o mote da história pareceu ser bem legal. Mas o que me deixou espantado foi a naturalidade com que isso tudo se deu. Como já disse, quando tinha quase essa idade, disse que gostaria de ser escritor após vencer um concurso de frases na escola, e ouvi mais gargalhadas e deboches do que incentivo. Sorte tudo ter mudado e ter surgido uma estrutura que permita o exercício da criatividade.

O que eu disse para a jovem autora foi: só escrever e publicar não basta, mesmo que seja só na internet. Se antes as pessoas próximas não nos liam, com a internet é possível sermos ignorados em qualquer lugar do mundo, a qualquer hora. Por isso é que as vantagens da vida digital se somam a visitas em clubes de leitura, escolas e eventos literários. Mas isso fica para a semana que vem, pois é hora da revanche no futebol aqui com os meus moleques.

# Jovens leitores por um autor seminovo – parte 3

Depois de bons dias de treino, o futebol no computador rendeu-me um avassalador e surpreendente 3 a 0 sobre o meu garoto, implementando o respeito que já se estabeleceu fora de campo. E como na nossa tabela pessoal estamos empatados, me parece um sinal de que nossa conexão mais importante permanece forte, porque na verdade não se trata de disputa, mas de diálogo.

Meu garoto é o Pedro e tem nove anos, e me lembro de quando mal sabia falar e já explorava todos os recônditos de um celular, provocando em nós, adultos e senhores dos saberes, um estranhamento que era uma mescla de felicidade e medo. Sentimo-nos seguros quando as manifestações de inteligência se dão com uma intensidade gradativa dentro dos nossos parâmetros, por isso é que um garoto dominar uma sintaxe antes da outra faz parecer que algo está fora de controle.

Não esteve. Ele cresceu, está bem na escola, e curte tanto os longos vídeos sobre Minecraft que pululam no Youtube quanto a boa e velha leitura silenciosa. O mais velho, de treze, vai na mesma onda e ainda cai dentro dos livros de fantasia que estão na moda.

Na última Bienal do Livro, aceitou sem cerimônia o convite da Adriana Calcanhotto para se sentar na poltrona com ela e falar poesia numa sessão do Café Literário. Como eu mediava o papo, fiquei bem orgulhoso, especialmente porque foi a primeira vez em que os jovens foram maioria nesse monstruoso evento, cujo público mais novo sempre foi mais composto pelas visitas escolares.

Gosto de levar os moleques para esses compromissos, que para mim são quase sempre trabalho, mas para eles não é. Nos últimos vinte anos, houve uma proliferação de eventos literários de todos os portes em todo o país, permitindo que autores e leitores se aproximassem cada vez mais. Não creio que isso represente uma mudança radical na valorização do livro como um objeto de desejo no país. A educação para a leitura no Brasil, pelo menos em termos massivos, nunca me parece ter sido uma prioridade ao longo dos últimos séculos, de maneira que não será da noite para o dia que veremos pessoas lendo em todos os cantos, como ocorre na Europa. Ao longo das últimas décadas, saltamos do auditivo para o visual, pulando a fase da leitura e da escrita como fontes privilegiadas de conhecimento.

E essa ideia foi tão bem sedimentada que se criou até um preconceito bizarro em relação à leitura: para muita gente de origem mais pobre, livro era coisa de gente besta.

Embora tenha diminuído, ainda percebo vestígios dessa resistência em várias situações, como se estivesse clandestino num universo ao qual não deveria pertencer. E mesmo caso seja permitido, para evitar invasão em território alheio, é preciso usar o rótulo literário adequado ao estrato social. Certa vez, uma figura relativamente respeitada no meio acadêmico, na sua boa intenção de dar uma dica, me orientou que não deveria escrever sonetos e outras coisas de que gostava na época, e sim fazer hip hop e escrever literatura marginal, para representar a minha classe. E mais uma vez tive de ser marginal a isso, só de ruim.

E tome digressão. Mas outra hora escrevo sobre andar à margem. Voltemos à molecada.

Acredito que boa parte da ideia negativa sobre os livros se diluiu por conta dos eventos literários. Nesses anos em que atuo na área, vi autores de gerações anteriores se adequando às feiras e festas, encontrando com naturalidade seus leitores de todas as faixas etárias. Ao mesmo tempo, acompanhei autores mais novos que se recusaram a encarar o público, seja por timidez ou por ser contra a exposição do escritor, que se transformaria numa figura de palco, para quem seria mais importante fazer números equestres para atrair público do que escrever.

Em meio a esses casos, parece que muitos entendem que as atividades de formação de público leitor se somam a um interesse mais amplo, que pode resultar num retrato cultural melhor em algum tempo. Da Bienal do Livro a uma visita escolar para ler e conversar com jovens (pessoalmente, atividade de que mais gosto), o escritor é hoje parte de uma engrenagem que está apenas começando a girar. Ou pelo menos pode fazer parte, caso decida permanecer no seu canto, pois existem várias possibilidades de se trabalhar um livro sem a presença do autor. Os que são parcial ou totalmente reclusos têm seu espaço garantido: J. D. Salinger ou os nossos Dalton Trevisan e Raduan Nassar que o digam – ou não digam.

De todo modo, a engrenagem está girando e o esforço deve ser geral. Cultivar e cativar leitores deve ser uma obrigação não só do autor, mas de editores, professores, bibliotecários e todos os profissionais ligados direta e indiretamente à área. E pelo menos os escritores jovens, de idade ou de espírito, sabem disso bem.

# E-mail a um jovem poeta

Prezado,

Recebi sua mensagem. Também vi que estava em DM no Twitter, na mensagem de Facebook – e colado no meu mural –, além de ter sido enviada para o meu e-mail de trabalho. Surpreendeu-me ter chegado também uma versão impressa pelo método tradicional. Uma vez que sou apenas um dos cinco escritores aqui do meu prédio, certifiquei-me de que o pacote não havia sido entregue no apartamento errado. Ainda que eu não disponha de tanta credibilidade assim, fico bastante grato pela consideração e expectativa em torno da minha leitura. Lembrei-me de uma frase do Quintana, mais ou menos como "todo mundo deveria escrever poesia contanto que não venha me mostrar", o que de fato é uma crueldade em relação a quem está começando a trilhar a densa mata fechada que é a literatura.

Mas vamos lá. Muito me admira sua tentativa de traduzir em versos os seus conflitos diante do mundo e das coisas. De ampliar sua percepção da realidade em poesia e buscar reconstruir o mundo dando sentido ao que não possui, que é a vida etc. Todavia, tenho algumas recomendações a fazer após leitura criteriosa e imparcial, e por desorganização minha decidi separar por tópicos:

1) O prefácio de 27 páginas em que você justifica o motivo do livro e oferece uma explicação para cada poema me assustou um pouco. Mas fui pegar um café e continuei a leitura. Acho o título Prefácio Interessantérrimo meio pretensioso.

2) Não sei bem como dizer, mas poesia não é onanismo, tampouco terapia. Parece que o grande objetivo da autoajuda é vender livros de autoajuda. Poxa, rapaz, transferir os seus problemas para o leitor é um crime cuja punição deveria ser umas chibatadas com galhos finos de goiabeira. Ele já tem coisas demais para resolver, não precisa ser importunado com descrições pífias acerca das suas frustrações, medos e demais infecções da alma. Você não precisa de crítica, amigo, mas de diagnóstico.

3) No prefácio você disse que jamais lê poesia para não sofrer a tal angústia da influência, pois o poema "brota em minh'alma sem contaminação com plantios alheios". É provável que, além de diagnóstico, seu problema também seja de cultivo, e nesses casos sua cuca precise urgente de uma reforma agrária.

4) Posso estar enganado, mas parece que todos os poemas em que há texto foram copiados das suas conversas eletrônicas com uma ex-namorada. Não é que não pode, mas algumas coisas da sua intimidade eu não precisaria saber e não transcendem nem de longe o terreno de um monte de DR. Achei interessantes os decassílabos "vai encontrar alguém que te mereça", "o problema sou eu,

não é você" e "agora vai ser tudo diferente", mas foram intencionais, a fim de dar forma fixa a uma relação esfacelada?

5) Várias páginas estão em branco, dezenas delas. Voltei ao prefácio e parece que a ideia era justamente reproduzir uma experiência de nihilismo e fazer o leitor "refletir". Num momento de distração, meu filho acabou pegando o livro e rabiscou um monte de coisas ali e minha maior dúvida está entre brigar com ele ou aclamá-lo um prodígio da arte de vanguarda.

6) Por falar nisso, não creio que seja interessante o fato de um poema ser composto por um jato de urina sobre a página e o outro uma amostra de dejeção colada na folha. Os títulos "Presente para o mundo nº1" e "nº 2" soam engraçados, mas a mim parece mau gosto – e mau cheiro. Se soubesse eu teria lido só o pdf...

7) Você vomitou num dos poemas? Foi acidente ou proposital? Não encontrei referências no prefácio, o que talvez me leve a fazer uma superinterpretação. Numa das cartas do Sabino para a Clarice ele dizia, acerca da necessidade de retratar as angústias apesar da pouca estrada, "vomitar o que, se não comemos?". Você leu isso e levou ao pé da letra? E como resolveu isso (e o item anterior) em toda a tiragem?

8) Segundo o prefácio, todos os textos passaram pelo crivo do evento de poesia que você frequenta no bar, aplaudidos e consagrados numa noite linda. Mas lembre-se, nesse tipo de lugar eles vendem bebida alcoólica, e já vi muitos comentando na sinceridade do banheiro: achei um porre. Isso tudo pode comprometer um

pouco o juízo durante o karaokê poético, e não sei se é bom levar tão a sério. O melhor é ver se a cerveja está bem gelada.

9) Valeu o esforço de inserir um tipo de ensaio no final do livro. Tem coisas interessantes, mas não sei, o poema "Operário em construção" pouco tem a ver com o Concretismo e sua tese edificante não se sustenta – sem trocadilho.

10) O poema epigramático "cu não leva acento / assento leva cu" é um dístico até engraçado e causa certo espanto. Mas fica por ali mesmo, um ó.

Por fim, não sei se era esse tipo de leitura que você buscou ao me apresentar esse volume de poemas. Não sei dizer se *Pepitas frugais* (sugiro mudar o título do livro) vai ter uma boa carreira, mas o importante é continuar tentando e seguir em frente. Abração.

# E-mail resposta a um escritor seminovo

Caro Henrique Rodrigues,

Fico agradecido bagarai pela sua resposta às minhas mensagens na semana passada, ainda mais por tornar público o meu livro de Poesia *Pepitas frugais*. Bastava me mandar um e-mail mesmo, o que indica que você também devia estar sem assunto para escrever crônicas e optou por resolver duas coisas de uma vez só. Tá beleza, é um direito seu. But... apesar da sua generosa resposta e tempo dedicados, gostaria de esclarecer algumas coisas e peço um direito de resposta no mesmo espaço, e acredito que esse grupo seleto e sério do Vida Breve vai me dar o espaço para isso. Vou enumerar meus pontos que nem você fez, para ser bem didático.

1) *Pepitas frugais* não é só um livro de Poesia de um carinha iniciante. Trata-se de uma Obra escrita ao longo da minha vida inteira, e até de algumas anteriores. Mas para deixar essa grandeza ao alcance dos leitores, foi preciso escrever umas notas introdutórias e assim tornar inteligível toda a complexidade dos meus escritos. É preciso mediação para a genialidade.

2) Você insinuou que meu livro flerta com autoajuda e onanismo (ficou com vergonha de falar punheta, bronha etc?), e que eu preciso de diagnóstico. Saiba que meu analista me orientou a escrever mesmo, quando meus remédios não forem suficientes. Hoje é normal todo mundo ser tarja preta. E pelo menos eu estou convertendo minhas angústias em força produtiva, em vez de sair por aí destruindo os outros.

3) É verdade que não preciso ler Poesia, porque ela é essência e já trago comigo uma carga adormecida de fazer poético. Ela brota de minh'alma que a cultiva há séculos, de vidas passadas e futuras. Eu escrevo além do tempo, e o que não tenho portanto é tempo de ficar lendo coisas dos outros. Não me interessa.

4) E sim, para transubstanciar a Poesia meu analista sugeriu que bebesse no motivo que me atormentava que era a minha ex-namorada. Nossas trocas de mensagens eram densas, Poesia pura. Mas sei lá o que são esses tais de decassílabos, sonetos etc. É coisa de gente velha e não me interessa.

5) Você definitivamente não entendeu a mensagem liricoescatológica dos meus Poemas escritos com urina e fezes. Eles ocupam o lugar das palavras porque são isso, a água e o barro, início e fim da nossa humanidade. Seu intelecto é um pouco limitado quanto às simbologias, visto que esses dois Poemas vão participar de uma exposição de Arte num espaço alternativo da Lapa, em formato de painéis que vou escrever e retocar de acordo com a minha Vontade. Se você não entendeu, meu livro não é só um

livro de Poesia, é algo maior, uma experiência de linguagem. Você já leu Rimbaud, Mallarmé, Tzara, ou mesmo os OuLiPos? Minha escrita também é de vanguarda e por isso eu estou reinventando a Poesia Universal. Por isso a Poesia não precisa se restringir mais a essa coisa mofada chamada palavra. Pfff, esses velhos que têm nojinho de mijo e merda... Poesia é o visual, o corpo, o movimento, os excrementos, o vômito pro mundo, saca? Não sei se você leu minha biografia no final, mas além de poeta, sou músico e DJ, um Artista Múltiplo mais completo.

6) Aliás, você citou Sabino, sobre a minha intervenção e performance do vômito, então eu vou citar Rubem Braga, para falar na sua língua com um desses autores velhos: "E, como todo mundo tem mais o que fazer, os poetas se tornam incômodos. Virá-los pelo avesso não é a solução." Eu me viro pelo avesso e mostro minh'alma pro mundo. Gostou, papudo? (essa expressão é da sua época, certo?)

7) Notei o preconceito com o Movimento Poesia Paratudo (MOPOPA) que realizamos no bar nas madrugadas de segunda para terça – e por sorte ninguém precisa trabalhar cedo no dia seguinte, mas vida de artista é desregrada assim mesmo e não é pra quem quer, mas quem pode. Saiba que já passaram por ali 1.863 poetas, todos livres para se expressar e geniais nas suas performances. E todo mundo se adora, eu acho.

8) Sobre o ensaio no final do livro, acontece que eu também sou meio Filósofo e às vezes escrevo umas teorias, mas sem essa coisa de academia chata bagarai que você curte. O que é Poesia? Poesia é tudo.

9) Apesar disso tudo, esqueça essa coisa toda. *Pepitas frugais* é coisa do passado, pois já esqueci a minha ex e eu olho pra frente. Segue anexa minha nova Obra Poética Transmídia, *Poetizgrila Unchained*, produzida a partir das gravações das festas de mesmo nome onde vou tocar como DJ, mescladas com frases que ouvi nas manifestações recentes e sons de pessoas transando – inclusive comigo. Já na introdução aviso que é preciso se libertar do olhar careta e preconceituoso e mergulhar de alma na Poesia. No fundo eu não passo de um romântico.

10) Agora vou parar de falar de mim e deixar você falar. Véi, na boa, o que acha de mim?

# A escrita contra o esquecimento

Nesta semana, uma jovem *booktuber* postou um vídeo em que comentou sobre o meu romance. Venho acompanhando de perto esse movimento interessante e potente dos jovens em torno da leitura. Enquanto há algumas gerações a literatura dependia de alguns canais oficiais para ser divulgada e debatida, como os suplementos literários dos jornais, hoje temos uma situação diferente. Qualquer pessoa pode abrir um canal na internet e comentar seus livros preferidos, promover debates e fazer as ideias circularem.

Claro que isso não resolve o problema da leitura. É meio triste que, enquanto os *booktubers* se tornam as pessoas que mais influenciam leituras espontâneas no país (no mundo não sei dizer), esses meios tradicionais estejam desaparecendo. Porque com eles alguns profissionais com mais preparação técnica e mesmo com maior bagagem de leitura, como críticos e jornalistas literários, vão ficando cada vez mais relegados ao cantinho, aos seus nichos. E muitas vezes os *booktubers,* por serem em sua maioria bem recrutas, acabam tratando de apenas alguns segmentos mais populescos para a sua faixa etária, como os de fantasia e *chicklits.*

Tento olhar positivamente para essa questão toda, entendendo que talvez estejamos vivendo uma transição nesse modelo, e que indivíduos como os *booktubers* venham a se profissionalizar cada vez mais, ampliando os seus raios de cobertura para a diversidade literária que vem sendo produzida. As grandes editoras já estão fazendo as chamadas "parcerias", enviando exemplares diretamente para esses blogs e canais, considerando que eles são bons canais de divulgação.

Mas considere, cara leitora, tudo acima um grande nariz de cera pinoquiano. Porque o que vim contar mesmo foi o resultado do vídeo da jovem. Após assisti-lo, ouvindo os comentários, especialmente no ponto em que ela tratava do ambiente de pobreza carioca na década de 1990, um colega do meu trabalho veio me procurar. Disse que aquilo o fez se lembrar da sua adolescência e de um grande amigo que teve entre a infância e adolescência. Era o seu melhor amigo, com quem compartilhava os sonhos de "ser alguém na vida". O amigo almejava entrar para o BOPE, correu atrás e conseguiu. Mas logo em seguida saiu, fez uma série de escolhas erradas na vida, até que desapareceu. Depois de um tempo, foi encontrado vivendo acuado num quarto, de favor, doente. Conseguiram levá-lo para um hospital, onde morreria logo em seguida.

Omiti detalhes que me foram narrados, para resguardar a memória do amigo do meu amigo, pois não são necessários aqui. Mas depois desse relato – e a essa altura já o tinha chamado para um café na copa, pois ele estava muito emocionado enquanto me contava –, meu camarada me fez a pergunta que me tocou profundamente:

– E aí, você acha que vale uma história?

Meu colega me procurou, abrindo a gaveta de suas memórias, na esperança de que eu pudesse transformar a jornada do amigo em literatura. Quem escreve cansa-se de ouvir coisas como "minha vida daria um livro", ou "um dia vou te contar minha história". Mas no caso houve apenas uma esperança de que, ao investigar e verter em ficção, o amigo iria permanecer. Essa constatação me comoveu na hora, e ainda estou comovido, pois sem querer meu camarada tocou num dos pontos mais importantes da literatura. Escrevemos para não esquecer. Para não nos esquecermos. Tanto no nível individual e subjetivo quanto no coletivo e social.

Lidamos com símbolos, metáforas, máscaras de estilos que dão formas a ideias. São processos técnicos. Mas da ficção científica à *chicklit*, da poesia ao realismo fantástico, do livro infantil ao policial, estamos sempre, de formas diferentes, mergulhando na experiência humana *versus* o esquecimento.

Há menos de um mês, um infarto fulminante levou o Teixeira, que era um dos gerentes da lanchonete onde trabalhei. Ele foi um dos mais empolgados quando soube que eu faria um livro passado num *fast-food*, com algumas pitadas daquelas nossas vivências. De certo modo, para mim, o Teixeira agora se transportou para o livro.

Não sei se um dia vou transformar em ficção o relato do meu colega do trabalho. Mas ele me atentou para essa responsabilidade da literatura, que é guardar, bem no sentido daquele belo poema do Antonio Cicero: "por guardar-se o que se quer guardar".

# No balcão da livraria

Nesta semana fiz a moderação de um debate cujo título era "O paraíso é uma espécie de livraria". Tratava-se de uma referência à famosa frase do Jorge Luis Borges. Na verdade, não era uma frase, e sim um verso. Ou melhor, dois, do belíssimo "Poema de los dones". O texto do Borges diz, decassilabicamente: *"yo, que me figuraba el Paraíso / bajo la especie de una biblioteca"*. Posso estar errado, mas talvez tenha havido uma confusão ao traduzirem o termo para o inglês (*library*) e depois voltou ao português na chamada casca de banana, em que palavras parecem uma coisa e na verdade são outras.

Palavras parecem uma coisa e na verdade são outras. E não é essa lacuna de equívocos, armadilhas, brincadeiras e jogos entre o que se lê e o que se pensa que se constrói toda a literatura? Posso estar errado também. Mas rogo à leitora que pare esta leitura e dedique uns minutos do seu tempo para ouvir o próprio Borges falando o "Poema de los dones" na internet. E depois, se quiser ter acesso a ele o tempo inteiro, entre numa livraria e compre um livro dele.

Uma coisa boa de mediar um bate-papo entre escritores é que ouvimos mais do que falamos. Daí que tive uma breve aula com os autores que compunham a mesa. Entre a jovem Alice Sant'Anna e os seminovos Marcelo Moutinho e Flávio Carneiro, aprendi muito sobre a história das livrarias no Rio de Janeiro, com toda a vivência cultural que permeia esse comércio, do século XIX para os nossos dias.

Foi perguntado aos participantes sobre o quanto a presença em livrarias contribuiu para que eles se decidissem pelo ofício literário. E gostei muito de saber que o primeiro emprego da Alice foi numa livraria. Que privilégio entrar no mundo do trabalho com livros e pessoas ligadas a esse universo nos cercando. Não pude deixar de comparar, mentalmente, com o meu primeiro emprego numa lanchonete, e como teria sido se, no lugar de hambúrgueres e batatas fritas, houvesse livros. Mas logo em seguida me dei conta de que vários caminhos podem levar a um mesmo fim. De todo modo, como seria bom para o país se a vida profissional de muitas pessoas fosse iniciada numa livraria...

Por conta da polêmica em torno da extinção do Ministério da Cultura, que passaria a ser uma secretaria do MEC (e enquanto escrevo esta crônica fico sabendo que a governo recriou o MinC), fiquei espantado ao ver a reação de tanta gente sobre a área das artes. Muitas pessoas acreditam firmemente que cultura é algo secundário e dispensável, que agora sim, sem o dinheiro fácil do MinC, os chamados "artistas" iriam trabalhar. Como tanta coisa atrasada que temos, ainda persiste uma visão segundo a qual as atividades ligadas às artes são fruto de desvario e falta do que fazer. A literatura, mais solitária das artes, seria um lance de nefelibatas, aqueles que vivem nas nuvens.

E não deixa de ser, mas também. Ou melhor, vamos às nuvens e aos infernos, mas retornamos. A arte salta da vida e volta para ela, trazendo novas formas de ver e entender o mundo. Trabalhar nessa área é, também, mergulhar nos limites do entendimento humano, algo de risco e que precisa ser respeitado e valorizado.

Temos poucas livrarias no Brasil, algo em torno de três mil. É bem pouco, se considerarmos o aumento do poder de compra que a população em geral teve nos últimos vinte anos. Gastar dinheiro com esses objetos está bem longe das prioridades para a maioria da galera, cujas urgências são outras, quase sempre, essas sim, bem mais efêmeras. Inclusive sou bastante solidário ao escritor Marcelino Freire: nem a parentada compra os livros que ele escreve e publica. O Brasil não está lá, longe e abstrato, mas bem aqui, do nosso lado, no atacado e no varejo.

E é impossível não associar uma coisa à outra. Enquanto as pessoas não entenderem que a leitura abre cucas, que a arte é fundamental para o crescimento humano, vão ficar para sempre de fora desses paraísos que temos à disposição – sejam livrarias ou bibliotecas.

# Natal de fim de semana

O Natal passou que ninguém viu. Na semana passada, muitos correram durante a noite para as compras e os shoppings ficaram lotados com pessoas se atropelando como acontece em todos os anos. E como acontece em todos os anos, alguém mais crítico parou no meio do corredor, pôs as sacolas no chão para descansar da maratona, olhou em volta e perguntou, imbuído de certo olhar analista: cadê a crise?

O Natal passou e todo mundo viu, porque me parece ser a data mais importante do ano para a maioria católica, e me parece que católica ainda é a maioria. Em termos subjetivos, só perde para o próprio aniversário, mas olhando para o mundo com um sentido de coletividade não tem concorrência.

E teve especial de Natal do Roberto Carlos se atualizando com os cantores do ano para agradar os idosos e os mais novos, a musiquinha da Leader Magazine só não deve irritar mais os funcionários da loja porque eles imaginam o quão ruim seria não ter sequer aquele emprego (meu irmão já trabalhou lá, e foi demitido sumariamente), teve um monte de Papais Noéis que conseguem trabalho emulando as temperaturas do hemisfério Norte, mas ninguém reclama dessa falta de lógica porque no fundo todo mundo sabe que o mito do Natal tem na verdade pouquíssima lógica como um todo.

Porque teve o inescapável e absurdamente figuraça Inri Cristo nos lembrando: o aniversário de Jesus é em março. A partir do ano 274, os romanos começaram a comemorar 24 de dezembro como "o dia do sol invicto", porque era um tipo de vitória nascer o sol depois da noite mais longa do ano. E com o tempo juntaram tudo numa festa só, e corrigir isso agora é algo que fica para as calendas gregas.

E teve um dos meus melhores amigos, irmão de vida inteira, que perdeu a mãe num acidente sem o menor sentido às vésperas do Natal, fazendo-nos questionar o sentido disso tudo – e o sentido disso tudo me foi revelado numa foto dele erguendo a filha na praia, com um céu azul imenso ao fundo.

E foi o Natal da falta de tempo num ano que se arrasta e vai arrastando tudo que encontra pela frente. As famigeradas Retrospectivas serão de lascar, por conta de tanta bagaceira que assolou tudo ao longo do ano – as pessoas, o Rio de Janeiro, o país e o mundo.

E nós aqui tocando o barco, olhando aflitos esse fim do segundo tempo e torcendo para que não tenha prorrogação.

# O escritor de contraturno

...

– Cidade?

– Rio de Janeiro.

– Estado?

– Idem.

– Profissão?

– Escritor.

– Que legal, senhor. Tipo escritor de novela?

– Feliz, ou infelizmente, não. Escritor de livro, essas coisas.

– Ah, sim. Mas no caso escritor é profissão mesmo?

– Bem, para poucos é, mas é um trabalho, mesmo pagando tão pouco. Mas quase nenhum escritor gosta de dizer que é profissional. Talvez nenhum seja.

– Entendi... É que nem músico? Meu marido toca em bar, mas de dia trabalha em hospital. Vive dizendo que um dia vai viver da música. Mas sei lá.

– Sei bem como é. Mas se ele deixa o emprego não vai ter cabeça para tocar porque fica sem o feijão com arroz, certo?

– Sim, isso mesmo. Ele fez isso uma vez. Disse "vou viver da minha arte" e desistiu da ideia quando mais ninguém da família emprestava dinheiro pra pagar as contas. E ficou tudo nas minhas costas. A gente brigou e quase foi cada um pro seu lado.

– Imagino. Mas todo mundo da família pelo menos foi lá ver o show dele? Pra dar uma força...

– Ah, pra quê? Gastar dinheiro pra ver parente cantando? Se ainda fosse famoso... Mas nem isso. O pessoal até diz que ele se acha melhor que os outros porque é artista.

– Bom, mas se os mais chegados não ajudam, imagina os desconhecidos.

– Ah, moço. Cada um com seus problemas. Eu, por exemplo, não tenho paciência pra ler. Já tentei mas não consigo prestar atenção. Muita coisa na cabeça, sabe como é?

– Sim. Realmente exige concentração demais.

– O senhor está debochando de mim?

– Não, não. Jamais. É que fiquei pensando no seu marido. A gente tem coisa em comum, porque também preciso trabalhar de dia e ler e escrever só de noite e quando arrumo tempo. Sou o que chamam escritor de contraturno.

– Como é isso? Que nem na escola?

– Exatamente. O oficial, com todas as matérias importantes e que vão servir para o futuro, é o que acontece no turno de aula. As coisas do contraturno são quase sempre consideradas supérfluas. É aí que a gente entra, só no paralelo.

– Ah, sim. Meu marido diz que às vezes fica meio pra baixo porque parece que canta pras paredes. Ninguém nem olha pra ele. E pensa seriamente em desistir e trabalhar até morrer lá no hospital mesmo. Mas daí aparece um ou outro que gosta muito da voz dele, aí se anima de novo, respira e volta a cantar. Aposto que com o senhor é assim também.

– Pois é. Exatamente isso... Bem, tudo preenchido. Agora vou subir para o quarto. Amanhã vou dar palestra no evento literário. Se der, aparece lá com o seu marido.

– Ok, aqui a sua chave e senha do wi-fi. Se der a gente vai, mas não prometo nada, tá? Muita coisa, sabe como é...

# A greve geral do turno da tarde

*"O novo sempre vem"*

Belchior

A leitora que me perdoe o tom mais sério dos últimos textos. Minhas preferências temáticas para crônicas são, geralmente, coisas menores da vida. Em vez de analisar as consequências políticas de uma explosão de bomba em algum lugar, prefiro comentar sobre um desencontro que causou uma situação engraçada. Em vez de deliberar sobre o supostamente fácil e violento Fla-Flu que se tornou a vida política brasileira, prefiro puxar o fio de um causo bizarro numa cidade pequena. Em vez de tricotar sobre as conquistas de minorias de toda ordem apontando o dedo para a hegemonia dominadora do homem branco europeu pererê parará, opto por analisar morfologicamente um trocadilho.

Faço isso por dois motivos simples. O primeiro é que essa tsunami sobre a seriedade já pode ser encontrada em qualquer lugar, especialmente nas redes sociais, onde todo mundo, em pouco tempo, se transformou em militante visceral especialista em tudo: pelo menos virtualmente. A segunda advém da própria estratégia da crônica, que costuma puxar para o comezinho. A propósito dessa técnica, lembro aqui do parágrafo da crônica "Um pé de milho", do grande Rubem Braga, publicada na década de 1940:

"Os americanos, através do radar, entraram em contato com a Lua, o que não deixa de ser emocionante. Mas o fato mais importante da semana aconteceu com o meu pé de milho."

É isso. No entanto, mesmo o mais distraído dos nefelibatas é tragado de volta ao rés-do-chão pela vida ordinária. Foi o caso desta semana. Um dos lentos e longos aprendizados que a vida tem me trazido é não deixar que a indignação em relação ao mundo (sabendo que mudá-lo de maneira radical é uma ilusão adolescente) se converta em amargura ou ódio. Porque essas frustrações são, pelo que tenho observado, um tipo de gordura trans no espírito de muita gente.

Assim como alguns colegas de ofício, lanço mão de uma técnica antiga e simples – e que talvez se relacione à própria perspectiva que adotamos para escrever uma crônica: dividimos o todo em pequenas partes, para em seguida resolver, calmamente, uma a uma. Ou seja, para matar um leão por dia, tenta-se trocá-lo por meia dúzia de gatos pingados. Pingados como nós somos.

Dei toda essa volta para dizer que aderi à greve geral que teve outro dia, junto com meus colegas de setor, pois todos não se conformam com as reformas trabalhistas em pauta, muito menos da forma como estão sendo formuladas e apresentadas à sociedade. Para quem começou a trabalhar aos 15 anos com carteira assinada, fica difícil aceitar esse modelo, mesmo porque não se trata apenas de futuro, mas também de respeito ao passado: quem vai devolver os anos de juventude dedicados à labuta forçada?

Enquanto escrevo a crônica, a notícia é que apenas a minha área, cerca de 20 profissionais de Cultura numa empresa com centenas de pessoas, aderiu. Às nossas chefias, compostas por educadores conhecidos publicamente pela atuação junto ao pensamento tradicional de esquerda, coube repassar o recado superior: greve é direito e a decisão é de cada um, mas venham de Uber se necessário. No mesmo dia, proposição similar havia sido adotada pelo prefeito de São Paulo, o engomado João Dória. Mas ele já havia advertido que cortaria o ponto dos grevistas. No nosso caso, ainda não sabia à época.

A ocasião me fez lembrar de quando organizamos uma paralisação de funcionários do McDonald's numa sexta-feira, por volta de 1992. Como fosse época de hiperinflação, era comum deixarem dinheiro rendendo no banco de um dia para o outro, o chamado *overnight*, de maneira que se o pagamento dos funcionários atrasasse por algum motivo renderia mais algum para o patrão. Éramos garotos, já com o filé do nosso tempo vendido barato para a produtividade em escala sanduicheira, e ter a merreca no fim de semana nos permitiria sair após o expediente para dançar. E ter isso retirado mais uma vez com argumentos tolos ("alguém viajou e se esqueceu de assinar o papel do pagamento de novo") já não convencia ninguém. Ainda em frente à agência daquele banco Nacional que ficava próximo à lanchonete, meu turno decidiu não ir trabalhar naquele dia. Não fomos ler Marx, nem sabíamos o que era isso. Tomamos o rumo da videolocadora, alugamos o filme "Robocop 2" (para pagar na volta, claro) e fomos para a casa de um dos então subversivos assistir. Tempos depois apelidei o episódio de "A greve do MarxDonald's".

Chegando no sábado, soubemos que a sexta havia sido tumultuada, pois o pequeno grupo do turno da tarde fez falta durante o alto movimento. Estranhamente, não sofremos retaliações e o salário nunca mais atrasou.

Essa paralisação aparentemente boba foi minha primeira consciência de força da coletividade e de entendimento do mundo externo tal como ele é. E foi um acontecimento tão simbólico que é o único fato real que inseri no meu romance *O próximo da fila*, que trata dessas descobertas, com um grupo de jovens lidando com as idas e vindas entre o pessoal e o social.

Na sexta-feira, dia 28/04, o *dejá vù* foi inevitável, pois a sensação de fazer o correto era a mesma, e me orgulho de ainda fazer parte da meia dúzia de gatos pingados. Meus companheiros (pela etimologia, "os que comem o mesmo pão") estão taciturnos, mas nutrem grandes esperanças, como já disse o Drummond no seu poema "Mãos dadas".

# O abraço francês e a poesia fundante

Escrevo este breve texto no trem, entre Paris e Bruxelas, no meio do circuito para promoção da edição francesa do romance *O próximo da fila*, aqui vertido para *Au suivant*. Tenho visitado fundações, salão do livro, universidades e escolas de Ensino Médio, os *lycées*.

É sempre uma surpresa estabelecer o contato com leitores, ainda mais em outro país, onde a curiosidade pelo Brasil tem muitas variações. Especialmente no momento pelo qual estamos passando, não só no país como no Rio de Janeiro onde vivo, imerso em caos e violência. Desembarquei após um voo insone, e a primeira notícia que me chegou foi a do assassinato da vereadora Marielle Franco. Ainda sonolento, queria que fosse apenas um pesadelo, mas nos dias seguintes os ecos dessa execução elucidaram que era muito real, parte mesmo dessa contínua barbárie cotidiana.

Em todos os debates de que venho participando, é praticamente impossível não mencionar essa notícia, mesmo porque ela repercutiu mundialmente. Não era próximo da Marielle, mas acompanhei o ótimo trabalho que ela vinha fazendo pelas vozes historicamente excluídas na sociedade carioca. Uma última denúncia da vereadora era sobre a violência cometida pelo batalhão policial em Acari. Nesse bairro fica a escola pública onde estudei. Desse modo, nossas lutas estão interligadas.

Tenho plena ciência de que estamos em guerra. Todos. Ela é contra a corrupção, a estupidez e todas as formas de violência praticadas no cotidiano. E precisamos de muitas armas diferentes, inclusive a poesia. Como dizia o poeta Carlos Drummond de Andrade, no seu poema "O lutador": "Lutar com palavras / parece sem fruto. / Não têm carne e sangue… / Entretanto, luto."

Já há algum tempo decidi não dar muita bola para a algaravia que se tornaram as redes sociais. Muitos ali são apenas ativistas digitais repetindo militâncias em busca de aplausos e curtidas, sem mover uma palha no mundo real. Prefiro olhar a vida diretamente, e tentar fazer a pequena parte que me é possível no todo.

E nessa batalha, com a arma da palavra, vejo que um dos desafios da literatura tem sido a relação do texto com a vida. Muitos jovens (e mais adultos ainda) torcem o nariz para a poesia, por exemplo, por ser algo difícil e chato. Isso parece que também ocorre aqui na França. No entanto, um caso me chamou a atenção quando passei por Rennes, conversando com algumas turmas.

Um jovem, chamado Paul, disse que sofre de dislexia, por isso lê muito devagar. E por isso cada palavra tem muita importância para ele, que prefere a poesia. Mal sabia que estava dando um grande toque em todos nós sobre a necessidade de diminuirmos o ritmo, evocando criticamente, inclusive, aquela virtude da rapidez, uma das propostas de Italo Calvino para o próximo milênio – este em que vivemos.

Após algumas rodadas, em dado momento inverti e fiz perguntas a ele. As respostas foram tão interessantes que renderiam todo um ensaio sobre o nascimento de um grande poeta. Mas posso apontar dois aspectos que o jovem entende como necessidades da poesia: a função política e a necessidade de comunicação com o outro. O primeiro é admirável por si só, ainda que não rara, dado que o engajamento costuma brotar nessa idade. O segundo me deu grande identificação, ainda que de forma engraçada e quase frívola de como usava poesia na adolescência, quando decorava textos de grandes poetas e escrevia para as meninas dizendo que eu tinha inventado.

Na conversa, lembrei ao jovem que acho estranho não haver uma palavra francesa para denominar o abraço. Obviamente, há termos próximos, mas nenhum chega a designar o movimento de troca mútua tão comum em sociedades como a brasileira. Conversando com muitos franceses e brasileiros que vivem aqui, concluí que há uma demanda reprimida para essa prática. Eles querem, mas talvez não saibam como pensar no abraço, nomeá-lo com a precisão e ternura do vocábulo.

Daí que deixei o desafio ao jovem Paul: escrever o seu primeiro livro de poemas com o título que seja um neologismo para o abraço. Lembrei que a poesia muda a língua, e a língua muda/molda a cultura. Projetando numa utopia leve, imaginei que esse livro pode atingir um nervo sensível dos franceses, e pela multiplicação seria possível, em alguns anos, talvez décadas, vê-los se abraçando mais.

Despedi-me com um abraço, recebido feliz e meio sem jeito, como é comum pela falta de uso. Talvez seja essa uma das armas da literatura. "Arma", pela etimologia, também gerou "braço", como no inglês. Vejamos se em algumas décadas o cenário dessas pequenas e fundantes batalhas mudam para melhor. Espero que, ao fim da contenda, não reste perda sobre perda.

# Nove pós-verdades e uma pré-mentira

A brincadeira desses últimos dias – ou últimas horas, ou últimos posts – é listar uma sequência de dez fatos, dos quais nove deles seriam verdadeiros e um não passaria de mentira deslavada. Tal como muitas das atividades criadas nas redes sociais, a maioria das listas não passa de grande alerta das pessoas requerendo atenção, sequiosos de que fatos corriqueiros das suas vidas adquiram mais relevância do que de fato têm.

Como poucas coisas da minha vida são dignas sequer de uma nota de rodapé, minha contribuição foi listar dez fatos relacionados ao meu periquito de estimação, o Fred. Entre as bobagens verídicas, como ele ter quase morrido porque o esqueci no sol durante um verão em que me distraí tomando banho de mangueira, a mentira era que ele sabia cantar o hino do Vasco: o Fred, assim como todos em casa, torce pelo Flamengo.

Não pude deixar de me lembrar da famosa afirmação do saudoso poeta Manoel de Barros: "Noventa por cento do que escrevo é invenção. Só dez por cento é mentira". Claro, nem todos os que aderiram ao jogo dos dez fatos são escritores. Mas olhando a sequência de fatos apresentada pelos meus amigos e contatos, relacionando à pequena mentira sobre o periquito, cabe a inevitável pergunta: quem garante?

Após análise minuciosa de várias listas nas redes sociais, além dos conceitos de pós-verdade estabelecidos nos últimos tempos, surgem na minha cuca outras questões que me fazem desconfiar dessa coisa toda. Aliás, a Universidade de Oxford elegeu o neologismo *post-truth* como palavra do ano de 2016. É claro que a pós-verdade não passa, em muitos casos, de um eufemismo para a boa e velha mentira de políticos, especialmente quando defrontados com evidências de que estão metidos em maracutaias. Ouvi no rádio por esses dias um marqueteiro explicando o fato de ter usado Caixa 2: "nossas contradições constroem nossas armadilhas, meu cérebro criou escudos etc". Rapaz, quer mais pós-verdade que isso? O superego do sujeito deve ter tomado anabolizantes.

Logo neste mês de abril, que começa com o dia da mentira, para o qual fiz, há uns anos, uma quadrinha singela:

Dúvida que ninguém tira
Desde a minha tenra idade:
Se hoje é o dia da mentira
Os outros são da verdade?

Ao ler essas listas de nove verdades para uma mentira, concluo que, com a devida apuração dessas listas e cada um dizendo que de fato aquelas verdades não são tão maravilhosas como se pintam, a proporção talvez seja maior ainda, não digo meio a meio, mas uns

60/40. Ainda com a maioria sendo de verdades, pois minha crença no ser humano continua inabalável. Talvez tudo melhore um pouco quando, seja nas listas pessoais ou no dia-a-dia dos políticos, as pós-verdades sejam, de antemão, assumidas como pré-mentiras.

Por isso reconheço desde já: se o Fred não canta o hino do Vasco, tampouco entoa o do Flamengo.

# Réquiem para os orelhões

Dependendo da idade, a leitora (e veja bem, não quero aqui apontar, de forma deselegante, para a sua faixa etária específica, mas sim evocar o tempo passado de cada para as lembranças boas e doces da vida) pode ter vivido uma época em que todos os aparelhos, em vez de ficarem concentrados num celular que cabe na palma da mão, estavam espalhados pela casa, pela rua e pelo mundo.

(Não quero aqui entrar no rol dos saudosistas casimirodeabreus, aqueles que olham para trás com uma lente ajustada para ocultar todos os perrengues de então para entoar o "ai que saudades que eu tenho / da aurora da minha vida / da minha infância querida / que os anos não trazem mais". Bem, considerando que Casimiro morreu de tuberculose (a coqueluche da época) aos 21 anos, creio que o poeta não teve muito tempo para deixar a nuvem da memória encobrir parcialmente as experiências de moleque, de maneira que a adolescência e o início da vida adulta dele devem ter sido realmente sofridas.)

Voltando dessa digressão enrolesca, esse nariz de cera pinoquiano que só a crônica permite, diferente dos textos acadêmicos e da "alta ficção" (olha só o cronista querendo entrar novamente em outra viela e correr do assunto principal) digo à leitora que, há um tempo, venho sentindo pena dos orelhões.

Assim como boa parte dos brasileiros, nas modestas casas onde morei (ai que saudades não tenho) não tinha telefone, que era realmente um bem muito caro – dependendo do lugar, chegava ao preço de um automóvel. Até o início dos anos 2000 os telefones públicos eram a única forma de muita gente falar com o parente, o amigo, a paquera (nota para um termo que está caindo em desuso; hoje em dia falam *crush*, e o mais interessante e curioso é que ambos eram nomes de refrigerantes que desapareceram, perdendo o gás na pequena história dos encantamentos).

Ficaram para trás as conversas que todos eram obrigados a ouvir na fila, durante o tempo de incômodo a que todos deveriam se submeter. O nível de aborrecimento aumentava à medida que o ocupante, em vez de se despedir, se acomodava e punha mais fichas, demonstrando a total falta de pressa.

Minha mulher conta que, na adolescência, participou de uma pegadinha da extinta TV Manchete: um anão pedia ajuda para alcançar o telefone. Ele então fazia a ligação e supostamente começava a conversar sem pressa, enquanto ela o erguia com grande esforço. Eis: o orelhão é resquício de um tempo sem pressa. Porque à medida que o orelhão diminuiu de tamanho, o tempo é que se tornou um anão em todos nós.

Por hora, esses objetos de fibra acumulam poeira ou, nos grandes centros, servem de locais para anúncios de serviços sexuais dos mais variados. E me vem a curiosidade para saber se alguém liga direto do orelhão para responder o pequeno fôlder colado: "Olha, estou vendo aqui o seu anúncio e fiquei em dúvida numa foto..."

Provavelmente as próximas gerações vão olhar para esses objetos bizarros e estranhos como peças de arte, uma vez que, em não muito tempo, as empresas vão desistir deles e retirá-los de vez das ruas.

Ou então irão voltar como algo cult, da modinha *hipster*, grupo que, há pouco tempo, passava a levar máquinas de escrever para cafés, a fim de chamar a atenção para si como descolados. De repente até o orelhão volta como vinil, e especialistas vão dizer o quanto aquela acústica era perfeita e pura, diferente dos ruídos vulgares que chegam pelo celular.

E talvez, assim como acontece com tantas pessoas, só depois do abandono é que serão valorizados: agora sim, caiu a ficha.

# As cartas das nossas ferrugens

Aproveito o fim das férias lá do meu emprego ordinário para realizar uma das atividades mais cansativas e prazerosas de que se tem notícia: arrumar estantes de livros e escrivaninha de trabalho. Diferente dos pequenos afazeres domésticos e das missões que cumprimos às carreiras – nesses dias consertei dois ventiladores de teto, o computador dos meninos e, parcialmente, a máquina de lavar roupas –, arrumar livros e tralhas antigas requer concentração, silêncio e tempo de sobra. Por isso é que deixo esse feito para quando posso me dedicar, de maneira que batizei o evento de GABE – Grande Arrumação Bienal do Escritório.

Enquanto mexo (uso o verbo no presente porque não terminei a tarefa; o local está lá com vários itens espalhados aguardando análise, limpeza e nova organização, sob o olhar inefável da minha mulher, que parece observar um cômodo recém-explodido por uma granada) nas caixas, o convite às inevitáveis paradas me traz várias reflexões de acordo com o que encontro. Fotografias de família, de viagens, de eventos. Alguns ali já se foram, e permanecem tanto que um tipo de trapaça neurológica provoca pequenas viagens sinestésicas, nas quais consigo ouvir o parabéns cantado, o cheiro da comida e o abraço retratado no clique de um filme daqueles de 12 poses.

Recortes de jornal falando de nossos lançamentos antigos, filipetas de projetos antigos ou propagandas que, à época, julguei erroneamente úteis, apenas se misturam com cartas de crianças de uma escola pública no Rio das Pedras que visitei há tantos anos. Ainda que tivessem escrito por orientação da professora, são agradecimentos sinceros, que me trazem a última cena de quando fui lá. Falava ao microfone no pátio, onde os responsáveis chegavam para pegar as crianças, e reforçava o recado para que elas nunca deixassem de contar histórias para os seus pais.

Fico bastante comovido ao abrir um caderno da faculdade, e descubro por que o afeto me impede de jogá-lo fora: dentro estão cartas de amigos, rabiscos de poemas, paródias de clássicos (a gente se divertia cantando o "Rap do Fernando Pessoa"). Releio as cartas e vejo que essa geração que tinha seus vinte e poucos anos no fim da década de 1990 foi de transição: os primeiros trabalhos de faculdade eram feitos nas máquinas de escrever, e os últimos já digitados em Word. Mas a prática tão comum de enviar missivas pelos correios para pessoas que víamos todos os dias, algo que pode parecer ridículo em tempos de Whatsapp, tinha um sentido que só agora floresce de verdade: permaneceram.

O fanzine que escrevia com amigos apenas revela um fato que percebo hoje nos autores que têm os seus vinte anos e é algo bastante comum: com essa idade, aspirantes entusiasmados se julgam geniais e estão prestes a revolucionar a cultura do mundo.

Li por esses dias o último romance do Daniel Galera, *Meia-noite e vinte*. Trata de um grupo de amigos que fazia uma revista online nessa época. Eles se reencontram décadas depois, após a morte de um deles, o único que havia seguido firme na literatura. Aqueles jovens que surfavam nas primeiras ondas da *web* tomaram um grande caixote da vida.

Falando em livros, meu amigo Marcelo Moutinho lançou seu novo livro de contos, que se chama *Ferrugem*. Em literatura, o meu camarada se expressa unicamente em dois formatos: a crônica e o conto. Ambos dialogam, se abraçam, dançam às vezes, e a primeira muitas vezes ensaia uma atemporalidade do segundo. Isso quando o conto também não olha para a janela e põe seu foco nos detalhes das coisas que apenas passam. O Marcelo sabe muito bem fazer esse jogo de mão dupla e, assim, consegue justamente capturar o tempo perdido para a maioria das pessoas. E acredito que, por conta da aceleração do efêmero, nunca se perdeu tanto tempo como nesta época em que vivemos.

Por isso não perco tempo aqui no GABE, uma faxina lenta, oriental, quase terapêutica. Estou ganhando, recuperando, recordando o que realmente importa em meio à poeira dos nossos dias.

# Megafarofa de ideias para salvar o mundo

Posso estar enganado, mas me parece que todos os escritores e artistas em geral vivem sempre numa oscilação mental entre si e o mundo. Os não-artistas também, claro. Mas é que esses indivíduos portadores de habilidades estéticas costumam, propositadamente ou não, passar um pouco da fronteira, seja para colher o seu material de trabalho ou para mostrá-lo. Vão demais, para dentro ou para fora.

E ainda com um agravante: o artista tem a firme convicção de que vai mudar o mundo. Essa empreitada quixotesca cai por terra não quando ele se dá conta de que não tem força ou expressão para isso, e sim quando descobre que o mundo, o mundão mesmo, não existe de fato.

A leitora pode pensar que estou misturando um pretenso tratado de estética com uma noite mal dormida, talvez até sofrendo a influência de bebida ou remédios de tarja preta antes da escrita. Não tanto. Ansiolítico algum me daria essa certeza de que a realidade não passa de uma grande abstração criada para nos controlar ou mesmo para nos manter nos eixos, evitando uma piração geral diante da nossa incapacidade de absorver a grande verdade, seja lá qual ela for.

(Lembro de três colegas de trabalho que apelidei de rivotrio.)

O Camões disse bem nos decassílabos: todo o mundo é composto de mudanças / tomando sempre novas qualidades. Heráclito, o patrono das empresas de fretes, já havia dito isso bem antes: o mais importante na vida é a mudança. Essas citações, já tão batidas que nem precisei de aspas, me vieram à mente quando, semana passada, vi um monte de gente confusa sobre algo que até então parecia simples: comemorar o dia internacional das mulheres tornou-se uma gentileza ou uma ofensa? Não quero entrar nessa questão, mesmo porque essas polêmicas surgem e desaparecem mais rápido do que a crônica, pescadora do efêmero, consegue reter.

Por exemplo, enquanto escrevo estas linhas todos parecem falar de Karnal, mas sei que até eu entender do que se trata já terá passado e os *trendtopics* serão outros, podendo me relegar ao ridículo da notícia velha. Retomando uma metáfora da era da mídia impressa (quem se lembra dela?), os cronistas precisam ter a perspectiva do peixe de feira que era embrulhado em jornais dos dias anteriores. Os passarinhos, cujas gaiolas forradas com desatualizações servem apenas para que eles manifestem sua opinião sob a forma de uma titiquinha.

Esse sintoma e sentimento de anacronia aguda – ou anagudeza crônica – que a lentidão nos confere têm apenas um lado bom, que é não se deixar tomar pela fúria instantânea e virtual que parece assolar tanta gente. Creio que a culpa deve ser dos logaritmos das redes sociais, que impelem as pessoas a ler e comentar determinados assuntos propositadamente direcionados para disseminar a cólera do dia, que será trocada por outra rapidamente. Essa técnica não é novidade, apenas tomou uma escala maior e veloz.

Nesses dias estive em Paraty a trabalho e, conversando sobre isso, concluí que a locomotiva de palavras que ordenam os logaritmos deve se retroalimentar num sistema virtual programado para a manutenção de um suposto estado de guerrilha que mantém as pessoas interessadas e democraticamente expressivas. Expressão e democracia são termos que traduzem conquistas, que de fato são. Mas desconfio que há um tipo de matrix nos controlando, ou pelo menos tentando.

Depois de umas e outras (sempre elas), cheguei a uma possibilidade efetiva para uma revolução libertária no mundo – e daí talvez minha maior contribuição para a missão quixotesca lá do início: se todos os bilhões de pessoas escreverem trocadilhos ao mesmo tempo, o sistema entraria em pane que faria caírem as cortinas que escondem o Mágico de Oz.

Já se disse, creio que o Millôr (sempre ele): um ditador pode evitar uma fotografia, não uma caricatura. Ou seja, não valem os memes, esses saborosos pitacos de humor que também têm o fluxo controlado. Minha proposta é de uma postagem maciça feito uma grande farofa, poética, dadaísta, em que os duplos, triplos sentidos vão bagunçar os anúncios, provocar colisões de interesses, distanciar e aproximar indivíduos de maneira randômica, redirecionar postagens aos abismos do inusitado. Depois do cataclisma virtual haverá um risonho e novo despertar da humanidade.

Dei a ideia e, antes que ela desapareça, grito como se pintasse num quadro de gelo: só a megafarofa de ideias salvará o nosso mundo!

# O menino criptografado

Durante duas semanas estive entre Paris, Bruxelas e Lisboa, entre compromissos de trabalho e outros literários. Durante o período, acumulei pequenas histórias, retive breves acontecimentos, guardei na cuca interessantes motes que me rendessem crônicas para as semanas que viriam. Porque a maior angústia do cronista semanal é se ver diante do prazo de entrega do texto e não ter encontrado ainda na vida ordinária nada que valesse a pena puxar como assunto.

*Só que não,* como diz a molecada. Nenhum fato ou notícia atiçou mais o imaginário das pessoas nesta semana do que o jovem acreano que desapareceu após deixar 14 livros escritos criptografados, temperado com uma sequência de acontecimentos mirabolantes. As teorias literárias pululam.

Enquanto escrevo, neste sábado chuvoso com clima de mistério, o caso ainda traz inquietações e não foi solucionado. Não sei se até a publicação haverá *updates,* mas o sumiço ainda levanta todo tipo de teoria. O garoto se chama Bruno Borges, estudante de psicologia de 22 anos, filho da psicóloga Denise Borges e do empresário Athos Borges. Tem um irmão gêmeo chamado Rodrigo e uma irmã, Gabriela.

Ora, só com o sobrenome Borges já nos colocamos numa instância labiríntica de fatos, ainda mais depois de olhar as fotos dos caracteres escritos nas paredes e chão do cômodo. Durante mais de um ano, o quarto permaneceu trancado, inacessível a quaisquer outros membros da família, o que nos faz imaginar que o próprio Bruno o limpava, e isso já o torna digno de admiração por conta do relaxamento tão comum na faixa etária.

Não quero entrar aqui nos memes surgidos pelo caso, inclusive aqueles que trollam o Acre, estado que já visitei há uns anos e que possuía casas de leitura interessantíssimas, tocadas pelo guru Francisco Gregório Filho. Mas um dos memes lembra o que a Legião Urbana previu: "estátuas e cofres / e paredes pintadas / ninguém sabe o que aconteceu".

Acredita-se que o jovem seja a reencarnação do filósofo italiano Giordano Bruno, que foi queimado pela Igreja em 1600 por acreditar que havia outros planetas no universo, e que o universo não gira em torno do nosso umbigo – essa ideia voltou com força segundo muitos ególatras publicam no Facebook. No quarto de Bruno, havia uma estátua do filósofo, feita por um artista chamado Jorge Rivasplata, de 83 anos. Jorge, que nem o Borges?

Uma pausa. Há que se concordar, de fato, que os nomes dos envolvidos parecem típicos dos *best-sellers* de Dan Brown. O nome do pai, Athos, é conhecido por ter sido o mais velho dentre os protagonistas de *Os três mosqueteiros,* de Alexandre Dumas (pai). Consta, aliás, que Dumas havia se inspirado numa pessoa que de fato existiu. A irmã, Gabriela, vem do nosso Jorge Amado. O irmão gêmeo Rodrigo (não quero levantar a hipótese simples de que o irmão é que desapareceu e Bruno tomou o lugar dele) vem do Érico Veríssimo. Só o nome da mãe (Denise) não é uma personagem conhecida – mas deve ter sido para tentar disfarçar.

Uma nova teoria da internet sugere que as criptografias teriam se baseado no *Manual do Escoteiro Mirim*, publicação da Disney muito famosa na década de 1970. Esse livro, divertido e com muitas atividades sugeridas ao ar livre, marcou uma geração. Com a notícia é capaz de muitos se interessarem em apresentá-lo às novas gerações. E isso também pode ser positivo, fazendo com que a garotada deixe, pelo menos um pouco, os *youtubers*.

Enquanto muitos já associam o sumiço a abduções por extraterrestres, a polícia acredita que Bruno tenha apenas dado um tempo disso tudo. A verdade é que sabemos apenas desse volume de informações fantásticas em torno do caso. Mas sabe-se lá da solidão, da angústia, da ansiedade, enfim, da encheção de saco pela qual esse menino passa na vida e que o motivaram a isso tudo. Essas criptografias são únicas e cada um é que pode, do seu jeito, tentar decifrar.

# O papel da carne no x(de)tudo

*Numa banca de jornal qualquer...*

– Moço, me vê um x-tudo?

– Vai querer com que tipo de papel?

– Tem de quê?

– Um bom é o couchê, que tem uma textura boa. O mais popular é o papel jornal, que a barraca do caldo ali também usa na sopa de letrinhas e mantém a galera bem informada. Tem um reciclado, mas não recomendo porque é que nem carro usado: uma hora você descobre uma porcaria do antigo dono.

– Nuss, tô fora! Que mais?

– Chegou o pólen 90, que sai muito. Tá na quarta edição o sabor picanha.

– Uau, acho que vou querer esse.

– Calma que tem também uma novidade exclusiva aqui na região. Só comigo você encontra o aspen e o vergé. É coisa refinada. Na Zona Sul não se come outra coisa. Repara que em novela do Manoel Carlos tem sempre alguém segurando um deles nas cenas de rua.

– Poxa, mas é mais caro, e o destino é o mesmo. Faz o seguinte, me vê um de papelão mesmo, esse da promoção.

– Tá ok. Vai querer como?

– Não entendi.

– Comprei uma nova chapa digital, mas muita gente ainda prefere a qualidade da fritura offset.

– Tô com um pouco de pressa. Vai no digital mesmo. Quanto é?

– Esse sai a 6,90. Agradeço se tiver trocado.

– Opa, tenho essas moedas de salaminho aqui no bolso. Deixa eu contar que acho que dá certinho...

– Valeu, garoto! Toma aqui.

– Tem guardanapo?

– Sim, pode pegar ali no bloquinho de rosbife.

# Arma virunquae cano

Helicópteros passaram bem pertinho da janela onde trabalho por esses dias, quando procuravam cerca de 50 bandidos que se escondiam no matagal.

Minha mãe diz que, quando éramos crianças, meu irmão e eu ficávamos loucos de felicidade quando víamos um *helicoptêro.*

Na semana anterior, um tiro de raspão havia atingido um funcionário lá da empresa.

Apesar do muro alto, parece que a bala fez uma curva, como nos filmes.

Depois dos helicópteros, ouvi tiros e saí da sala. Ao retornar, não consegui trabalhar direito e fui para o centro médico, tonto e com dores de cabeça.

Me deram um comprimido de paracetamol.

Um helicóptero caiu e morreram os quatro policiais que estavam dentro. Não sabem ainda se foi por pane ou tiros.

Três coisas param no ar: beija-flor, helicóptero e Dadá Maravilha.

Em vídeo, mães dos jovens mortos na guerra pediam autorização para procurar os corpos dos filhos no mato.

Havia aquelas séries da televisão com helicópteros: Águia de Fogo e Trovão Azul. Meu irmão gostava mais do primeiro e eu do segundo, mas não brigávamos. Por isso.

O helicóptero caiu (ou foi derrubado) bem em frente ao meu trabalho, na beira do rio sujo.

*Chopper Command* era um jogo de Atari em que você controlava um helicóptero cuja missão era proteger uma caravana de outras aeronaves. Será que algum dos quatro policiais jogou esse game na época e recentemente pensava lá do alto "ah, se o eu moleque visse isso aqui"?

Foram encontrados 7 corpos na localidade chamada Brejo. Mortos com tiros.

Nos 4 mortos no helicóptero não havia perfurações de balas. No entanto, leio na notícia sobre o enterro: "os policiais foram homenageados com honras militares, o que inclui uma salva de tiros."

Ouço agora o som de helicópteros indo na direção da Cidade de Deus. Na infância, gostávamos de amarrar libélulas com um pedaço de linha e elas iam voando, voando, voando...

# O papel (do) pardo

Por ocasião da morte do grande Muhammad Ali, repliquei no Facebook uma entrevista dele bem interessante para a TV. O pugilista foi um grande ícone, engajado na luta contra o preconceito e a discriminação racial. E utilizou espertamente os meios de comunicação para transmitir sua mensagem. Sempre admirei muito a postura bem-humorada do Ali nas suas falas, pois, além de muito criativas, conferia também um paradoxo em relação ao conceito básico do boxe, que, salvo engano, é descansar o braço no oponente até não poder mais.

Após conquistar a medalha olímpica na Itália, Ali voltou à sua cidade natal (Louisville, no Kentucky) e foi comer um cachorro-quente. Ao ouvir do funcionário "não servimos negros aqui", rebateu com "eu não como negros, só quero meu cachorro-quente".

(Essa sentença é incrível e, como estudo a questão do riso, fico tentado a fazer um *paper* sobre a questão do humor étnico e a teoria da incongruência. Salve, crônica, que não requisita notas de rodapé e acha muito besta essa coisa de currículo lattes.)

Uma amiga replicou o vídeo que postei. Mas o surpreendente foi que, como resposta a um comentário sobre o recurso do humor do Ali, uma jovem me deu um *jab*: "obrigado, branco, por tentar ensinar sobre heróis negros". Ora bolas, como é que é isso? E minha amiga havia se referido a mim como negro no mesmo post, então no contexto o termo branco estava sendo usado como uma ofensa. E foi.

Um amigo já zombou disso: "o seu problema é que você não é branco nem preto o suficiente". Hoje o IBGE diz que pretos e pardos são considerados negros. "Pardos, nus, sem coisa alguma que lhes cobrisse suas vergonhas", disse o Pero Vaz de Caminha na sua primeira missiva, a respeito dos tupiniquins que encontrou no litoral. Café com leite, cor de burro quando foge, moreninho, cafuzo, mulato, caboclo... Fico ma(me)luco com tanta variedade, como diria meu amigo Leo Cunha, escritor e trocadilhista nas horas vagas e também nas úteis.

Aproveito o gancho de esquerda: desde criança sofro discriminação, mais de brancos do que de negros. Mas não só deles. Quando fiz intercâmbio nos Estados Unidos (na época do 11/09), notei que os grupos de alunos da universidade não costumavam se misturar muito. Faziam festas específicas para cada segmento e, como tinha pelo menos um amigo em cada, fingia que não sabia dessa convenção social e dava um jeito de entrar em todas elas. Certa vez, recebi um convite para ver um filme do Woody Allen e comer pizza numa casa. Só chegando lá, depois de umas fatias e olhares estranhos, descobri que se tratava de um evento promovido para os jovens judeus se conhecerem mais, daí tive de me pirulitar. E eu tinha cara de árabe e usava um cavanhaque, acessório retirado tão logo Osama fosse apontado como autor dos atentados, pois começavam a me olhar feio na rua. "Agora sim, voltou a ficar com cara de mexicano, então não vão mais te perseguir", brincaram.

Somos racistas e condicionados assim. Lembro de, criança, quando o Grande Otelo aparecia na propaganda dizendo "Óticas do Povo, morô?", e meu bisavô, que tinha nascido lá por 1900 e descendia de italianos, murmurava "ó o tronco, nêgo". Eu achava isso bastante engraçado e foi preciso reeducação – e entender a raiz dos próprios preconceitos que me cercariam ao longo da vida – para evitar essas piadas.

Por isso eu, negro que sou, reivindico o meu direito de falar sobre Muhammad Ali. E acredito que a admiração por figuras como ele, Ghandi, Mandela, Buda, Martin Luther King, Dalai Lama, Leymah Gbowee e Jesus Cristo deva ser de todos.

As redes sociais têm muitas características interessantes, mas acho que são tecnologias um pouco limitadas para discussões mais complexas, e muitas vezes se tornam mais um espaço de preconceitos e ódios instantâneos. Mas concluo que o pardo precisa ser mais que esse envelope genérico e sem conteúdo que usamos no dia-a-dia. Todos devemos ter o direito de, se assim quisermos, dançar em qualquer festa, especialmente de quem é diferente de nós.

Mesmo não sendo o mais forte, muitas vezes o Ali vencia por conseguir se esquivar dos golpes dos oponentes e dar respostas rápidas. Essa agilidade do pensamento que precede a dos socos pode ser um grande ensinamento para todos nós, acostumados que estamos ficando em bater antes de dar sequer boa tarde.

# Uns gatos pingados

Depois de quase uma semana, nesta manhã de hoje consegui tirar uma gata que estava presa no vão entre o telhado e a laje da minha casa. Os miados fizeram parte da minha rotina. Quando conseguia encontrar o tom de calmaria para fazer minhas coisas que requerem isolamento e concentração, os miados eclodiam em ondas, entrando no meu pensamento como um tipo de voz surgida para me lembrar de uma pendência.

Não vou fazer mais uma crônica sobre gatos, esses seres fantasmagóricos que têm tanta afinidade com escritores. Não crio gatos hoje. Mas já tive um Pantera, dois Mingaus e um Paçoca. Como este último desse trabalho pacas, especialmente quando eu tinha de viajar a trabalho, passei a criar um peixe beta, o Peixoto. Ainda que demonstrasse felicidade quando eu estava perto, mesmo que apenas interessado em receber comida, o Peixoto morreu por conta de uns fungos enquanto eu estava fora – ainda acho que foi melancolia. Não satisfeito, adquiri mais um, batizado de Peixotro, que depois teve o mesmo fim. Tentei um bonsai, mas por algum motivo ele me estressava, acho que devido à forma como os galhinhos iam crescendo, que me davam a impressão de que a planta estava o tempo todo me fazendo um sinal feio.

Hoje cuido do Fred, um periquito azul, e somos felizes. Até agora, pelo menos. Ah, sim, é o segundo Fred, pois o anterior, que era idêntico, deixei fugir, o que me fez invadir o quintal dos vizinhos e escalar uma mangueira da altura de um prédio de três andares, reativando um instinto da minha infância rupestre, a fim de pegar o pássaro. Como confiasse muito em mim, a pequena ave chegou até perto da minha mão, deu uma bicada à guisa de despedida e voou para longe, e só então me vi no alto da árvore, sozinho e com medo de descer, pois retornava imediatamente ao hoje, trinta e tantos anos e cinquenta e tantos quilos além da infância. E era observado pelos vizinhos que, entre a surpresa e a consternação, descobriram que, além de descalço e sem camisa, estava com um short rasgado.

Daí que, para chegar ao bichano preso no telhado e toda a simbologia que poderia representar, creio que o cronista e camarada Marcelo Moutinho, que cria e administra os sentimentos de três gatas em casa (Mila, Catarina e Sofia), costuma falar mais do assunto nas suas belas palavradas. Eu não pensava no assunto há uns bons anos, pois os felinos deixaram de fazer parte do meu cotidiano, mas por esses dias não parei de pensar no animal miando sobre a minha cabeça. E para me distrair fui listando os tantos adágios, máximas, provérbios e galimatias envolvendo os bichanos, como uma ideia fixa: se cair na água é peixe, se cair no saco é gato; a curiosidade matou o gato; uns gatos pingados; à noite todos os gatos são pardos (me lembro de uma do Millôr: "em Brasília todos os gastos são pardos"); gato escaldado tem medo de água fria; um olho no peixe, outro no gato; a bom gato, bom rato; quem não tem cão caça com gato; levar gato por lebre; quem tem filho barbado é gato; mais vale um gato na mão do que dois miando; batatinha quando mia se esparrama pelo chão; a gato dado não se olham os dentes; gato que anda atrás de morcego dorme de cabeça para baixo...

Geralmente, quando se diz que o gato subiu no telhado, trata-se do prenúncio de uma notícia pouco agradável, por conta de uma piada que não vou contar aqui. Mas no caso desta semana, ao ouvir os miados, temi que o bicho, sem comida alguma, batesse as botas (sem trocadilho), e depois viriam ratos para devorar os restos, e os ratos atrairiam mais gatos, iniciando um ciclo de aporrinhação infinita sobre as nossas cabeças.

Por fim, consegui subir num ponto da casa onde dei pedaços de carne, sardinha e até um pouco de leite. Tornamo-nos amigos, fiz carinho e, pela coloração, revelou-se fêmea. Hoje cedo consegui acesso ao sótão pela outra casa, chamei-a com comida e, entre a desconfiança e a fome, veio até mim. Levei a gata assustada e magricela (chamei-a de Farofa) até a rua de cima, de onde ela veio, para retornar ao convívio familiar com os outros de sua espécie.

E sou tomado agora por um sentimento dúbio e misterioso, transmitido pelo convívio com a gata. Parte tranquilizado por ter me livrado de uma visita indesejada. Mas continuo ouvindo um miado longínquo e fininho. Para desespero do Fred, acho que é saudade da Farofa.

# Afinação da arte de chutar pombos

Outro dia postei que, num mundo perfeito, todos poderiam chutar pombos. Foi o que pensei certa vez, depois de muito divagar numa praça cheia deles. Mas calma lá, eu nunca chutei um pombo. Ainda não. Essa é só uma ideia agradável, em tal nível de crueldade que só não me sinto um ser profundamente vil porque descobri ser um desejo oculto de muita gente. Alguns já me confessaram esse fetiche, e uns poucos afirmaram terem chegado às vias de fato, em relatos plenos de satisfação e alívio. No entanto, embora eu nunca tenha manifestado esse impulso em nenhum aspecto prático, venho aqui registrar um ornitobullying: venho sendo constantemente atacado pelos pombos do Largo do Machado, que fazem tocaia até que eu saia da estação do metrô, avançando logo em seguida numa revoada colossal. Não pode, poxa.

E lá vem a patrulha de defesa dos animais *et coetera*. Mas troco aqui a importante PETA por uma simples peta: não é correto chutar pombos, mas como seria bom se fosse... A imagem da pombinha branca, que é o símbolo da paz, remete a Noé: a ave retornou para a arca trazendo no bico um raminho de oliveira, indicando que era o fim do dilúvio e que a terra firme já aparecia. E o que não dizer dos bravos pombos-correios, esses antepassados de cada e-mail que trocamos todos os dias, que cruzavam distâncias inimagináveis, enfrentando intempéries e vicissitudes, sem julgar a relevância ou eventual banalidade da informação que carregavam?

Tudo bem, mas não posso evitar a menção a um episódio traumático. Há uns 15 anos, atravessando a rua, fui atingido por uma dejeção certeira originada de um pombo, que resvalou na cabeça, ricocheteou na lente dos óculos e se estendeu camisa abaixo. Segui desnorteado, até que chegando à outra calçada esbarrei com uma conhecida, cujo *oi* inicial precedeu uma frase de profunda compaixão diante do meu estado, como se dirigida a quem acabasse de perder um ente querido: "Não precisa dizer nada..."

Daí que aceito os pombos no geral, mas a questão é particular. Muito se tem falado a respeito dos males trazidos por essas aves. Hoje mesmo assisti na TV a uma reportagem informando que, em Londrina, iriam multar quem os alimentasse. Lembro-me também de uma crônica do João Ubaldo, na qual ele sugeria que os pombos dos centros urbanos poderiam até ajudar a matar a fome de muita gente. Não feito codorninhas, mas processados e triturados numa rica farinha proteica. Calma lá, eu não chego a tanto, mas acredito que o escritor baiano possua sentimento parecido com o que escondeu o poeta Raimundo Correia, famoso pelo soneto das pombas. No primeiro quarteto ele diz:

Vai-se a primeira pomba despertada...
Vai-se outra mais... mais outra... enfim dezenas

De pombas vão-se dos pombais, apenas
Raia sanguínea e fresca a madrugada...

Acredito que as regras de polimento dos parnasianos tenham impedido o poeta de tratar diretamente do horror que sentia diante dos pombos. Reparando bem, esses decassílabos poderiam ser declamados numa das cenas de *Os pássaros,* do Hitchcock. E vejam: com direito a sangue fresco na madrugada...

E redigo: nunca chutei um pombo sequer. Tinha um acordo tácito com eles, tal como naquele episódio de *Seinfeld,* no qual George Constanza atropela, tropeça nos pombos e depois reclama com razão: "Nós tínhamos um pacto!"

Tomei emprestado para esta crônica o título do conto bastante conhecido do João Antônio, em que o escritor, com sua malandragem peculiar, trata de chutar tampinhas de garrafa: "É doce chutá-las bem baixo, para subirem e demorarem no ar." E é assim que vai ser agora. Se os pombos do Largo do Machado tiveram acesso à minha frase inicial sobre o mundo perfeito para iniciarem essa onda de agressão, irão ler este texto aqui também, e tratarão logo de ir cantar de galo em outra freguesia. Porque agora, ratos com asas, ao contrário de vocês, eu não terei pena. Se os ataques não cessarem, sugiro colocarem um Sinatra cantando "Fly me to the moon" como trilha sonora do que virá. E podem até chamar em seu auxílio Hélio Bicudo, Jarbas Passarinho, Palomas e Colombinas, porque a guerra está declarada. Pombas!

# De volta para o futuro SQN

Prezada leitora, daremos um passeio no tempo. Voltaremos ao final dos anos 1980, quando estreou a segunda parte da trilogia *De volta para o futuro*. Há décadas, o dia 21 de outubro de 2015 é esperado pela comunidade *geek*. Aliás, desde quando ainda era chamada de comunidade *nerd*. Ou melhor: nem era uma comunidade ainda, porque os *nerds* eram indivíduos marginais e fora do esquadro, vítimas de trollagens contínuas de todos os outros que se consideravam normais e descolados. Do seu canto, ninguém suspeitava que aqueles CDF's se preparavam silenciosamente para dominar o mundo nas décadas seguintes.

Mas eu dizia que o segundo filme trazia essa data específica, que é para onde o jovem Marty McFly (Michael J. Fox) viaja, saindo de 1985. Na época, imaginar como o mundo seria em 2015 era um exercício de imaginação tão incrível quanto fadado ao fracasso. Trinta anos no futuro parecem muito tempo, mas basta olharmos para as nossas vidas para ver que esse tempo passa voando. *Tempus fugit*. Ou melhor: *tempus fudit*.

Desde a estreia do primeiro filme, em 1985, McFly era o cara que todos nós queríamos ser. Além da aventura em que se meteu, na qual explorou a viagem no tempo, um dos grandes sonhos tecnológicos da humanidade, era um herói bem classe média americana, posição social que a indústria do entretenimento já havia introjetado olhos adentro num Brasil pobre, dado que o cinema se tornou uma doce ferramenta de conquista cultural dos ianques. Com aquele colete vermelho nada a ver, todo mundo queria estar na pele do McFly, auxiliado pelo Dr. Emmet Brow, cientista maluco de olhos arregalados, personagem caricato muito bem vivido pelo Christopher Loyd. Era um tipo de Obi-Wan Kenobi menos trágico.

Perdão pelo clichê, mas o futuro não é mais como era antes. Quase todas as previsões tecnológicas apresentadas em *De volta para o futuro 2* falharam. Nada de skates voadores, roupas que se ajustam ao corpo e secam rapidamente, motores que funcionam a base de lixo e por aí vai. Naturalmente, o filme não tinha compromisso nenhum em acertar como seria o mundo em 2015. Seria fácil apontar como erro de previsão, mas o fato é que os recursos e *gadgets* apresentados na história deveriam funcionar lá dentro da trama, e serviram bem. Um filme é um filme, poxa.

Mas acho que o sucesso que essa série obteve não se deu pela verossimilhança externa das previsões tecnológicas, tampouco pela viagem no tempo em si. Creio que o *plot* do confronto de gerações foi a grande sacada. Se no primeiro filme o protagonista voltava a 1955 para reaproximar os pais e garantir a própria existência, no segundo vai resolver problemas com os filhos.

(Nessa altura do campeonato, nem precisamos de alerta de *spoilers*, certo?)

A ideia de resolver os problemas dos predecessores e sucessores imediatos é algo bem normal, desejo que temos a certo momento da vida e que nos angustia tão logo nos demos conta de que é uma empreitada impossível de se dar conta. Se em algum momento da adolescência queremos fugir e nos afastar da vida real, que não condiz com a nossa potência juvenil para transgredir todos os muros que nos cercam, em outra fase é bem típica a sensação de que devemos carregar todos os problemas nas costas. Seja financeira ou emocionalmente, todos nos sentimos em algum momento responsáveis por resolver as encrencas da família inteira. (Só depois ouvimos o conselho de Lennon-McCartney em "Hey Jude", para não carregar o mundo sobre os ombros.)

E *De volta para o futuro*, especialmente a parte 2, realiza isso de forma bem divertida. Os conflitos em torno dos pais e dos filhos são resolvidos com todos os saltos no tempo a que se tem direito. Amanhã, dia seguinte em que escrevo, será o famoso 21/10/2015, um dia em que muitos vão se divertir voltando trinta anos, brincar de como será o mundo daqui a mais trinta.

Daqui, aposto que daqui a trinta anos muita tecnologia vai ter chegado e partido, mas ficam as ideias e os sentimentos, coisas que o próprio rolar do calendário vai ensinando. Atemporal mesmo é a poesia, como diz o Drummond no longo verso final de "Mãos dadas", que nos diz tanto sobre essas idas e vindas que resultam sempre no agora: "O tempo é a minha matéria, o tempo presente, os homens presentes, a vida presente."

# Tempvs fvdit

*sed fugit interea fugit irreparabile tempus*
(Mas ele foge: irreversivelmente o tempo foge.)
Virgílio

Bom dia, leitora. Digo leitora porque, assim como acontecia com nossos cronistas e folhetinistas do século XIX, parece que as mulheres ainda são maioria entre os leitores. Isso se dá por razões diferentes que nem a pau (opa) vou discutir aqui. O importante é que as moças leem mais e, por isso mesmo, melhor. Ainda bem. E mesmo dando conta dos afazeres cotidianos, responsabilidades com trabalho e família, o cuidado natural com cabelos, unhas *et coetera,* elas ainda encontram tempo para se dedicar à antiga e serena prática da leitura silenciosa.

Todo esse nariz de cera batidamente sexista foi uma distração, leitora. Não posso falar muito de você, que é um múltiplo mistério a quem essas letras encadeadas aqui prestam sincera vassalagem. A ideia foi puxar a brasa para outra abstração que é a matéria básica de todos os textos publicados neste livro: o tempo. Porque, se a vida é breve, a crônica é mais ainda.

Tempo é a vida de morte: imperfeição. Essa é do Guimarães Rosa, creio. Seria de Drummond, Clarice, apenas apócrifo, mas o Facebook diz que é do Jabor? Diga aí. Sei que retorno à crônica já caindo no – batido, mas poxa, como se renova – exercício da metalinguagem de *Chrónos*. Contudo, ele parece que tem se encurtado tanto nos últimos anos que, a meu ver, deixa cada vez mais de ser o trilho por onde seguimos e passa a ser o próprio trem que desejamos construir.

Ouvi outro dia um poema, acho que da Viviane Mosé, no qual se falava: "quem anda me comendo é o tempo". *Tempus fudit*? E logo me lembrei de um soneto do Laurindo Rabelo – poeta do séc. XIX, magro, desengonçado e afiado na sátira, que era chamado de Poeta Lagartixa e merece crônica à parte –, cujos tercetos dizem:

> Oh! vós que tendes tempo sem ter conta,
> não gasteis esse tempo em passatempo:
> cuidai enquanto é tempo em fazer conta.
>
> Mas, oh! Se os que contam com seu tempo
> fizessem desse tempo alguma conta,
> não choravam como eu o não ter tempo.

É fácil concluir que a falta de tempo se tornou um grande problema, justo quando a expectativa de vida aumentou pacas e surgiram mil tecnologias que prometeram facilitar as nossas vidas. Tem algo errado nessa equação irônica, mas não sou matemático ou físico para resolvê-la. Só nos resta palavrar a correria e alertar, para os outros e nós mesmos: segura a onda, moçada, que só existe o amanhã de ontem.

Mas sem física ou matemática, fica a poesia. Volto aos meus tempos de faculdade, quando lia sonolento aqueles manuais teóricos, e vem uma frase: o lírico é atemporal. Talvez, algum dia, quando a realidade prática e produtivista for tão ditatorial que o tempo será buscado como uma relíquia, encontrem na literatura uma forma reordenada, preservada no gelo dos livros, de se encarar a vida.

E aí, cara leitora, em vez de se buscar afoitamente uma locomotiva mais possante (é caro), ou se conseguir ainda mais trilhos (impossível se você não for Ponce de Leon), talvez a saída mais simples seja queimar menos carvão, diminuir o ritmo e abrir uma cerveja.

# Colchas de retalhos

*Para a Bianca e a D. Ana*

A leitora que para suas atividades para ler uma crônica já é digna de aplauso. Pelo menos do meu. E desde já agradeço, pois esta é para você mesma.

Escrevo esta croniqueta no Dia Internacional da Mulher. Dentre as muitas versões para a origem dessa data comemorativa, a mais conhecida é aquela atribuída ao incêndio numa fábrica de tecidos nos Estados Unidos, no qual quase uma centena e meia de costureiras morreram. Outra versão associa a data à greve das operárias da indústria têxtil russa, e tamanha foi a intensidade do movimento que o resultado foi a Revolução de 1917.

Das duas versões, um ponto me chama a atenção: a mulher que costura.

No filme *Colcha de retalhos* (de 1995, dirigido por Jocelyn Moorhouse), a personagem vivida por Wynona Ryder vai morar na casa da avó enquanto termina sua tese, dias antes de se casar. As amigas da avó se reúnem para costurar uma colcha de retalhos para dar de presente de casamento. Enquanto as idosas constroem a grande manta, cada uma conta a própria história. O final tem uma cena epifânica muito interessante, mas não vou contar para não ser acusado de soltar *spoiler*, caso a leitora ainda não tenha assistido a esse filme.

As colchas de retalhos são formadas por um conjunto de pequenos elementos que, sozinhos, não devem ter muita força, mas que unidos formam uma unidade imensa. Toda colcha de retalhos é uma revolução, e vice-versa.

A costura é um símbolo muito forte em muitas tradições ocidentais e orientais. Penélope, mulher do herói Ulisses, aguardava o retorno do marido da guerra de Troia. Ela apenas se casaria novamente quando terminasse de tecer um sudário, e toda noite desfazia tudo o que havia costurado durante o dia, num fio e desfio que durou vinte anos, quando então o marido, por fim, retornou.

Quem não conhece Sherazade, mito persa da mulher condenada à morte e que sobreviveu pela capacidade de cerzir histórias? O Rei Shariar, traído, decidiu se casar todas as noites com uma mulher e no dia seguinte pela manhã iria matá-la, para não ser chifrado novamente. Mas a astuta Sherazade encantou o rei com narrativas durante mil e uma noites, e ao fim não só ela estava livre da execução, mas também havia livrado o rei de sua amargura e vingança, e ambos se casaram e viveram enquanto dura a eternidade das lendas.

Plural e amplo, o manto das histórias de Sherazade salvou todo o reino.

A minha bisavó utilizava uma daquelas máquinas de costura antigas, com um pedal de ferro pesado. Parecia uma locomotiva que não saía do lugar, enquanto costurava as colchas de retalho que usava em casa e dava de presente. Eram muito confortáveis, resistentes e seguras para tirar um cochilo em cima, uma extensão da minha bisavó.

Essa lembrança, como todas as boas viagens da memória, age como um bumerangue e volta para os nossos dias. Minhas últimas três chefias de trabalho, incluindo a atual, são mulheres – e nem quero falar da presidente. Fui criado apenas pela minha mãe, que aniversariou recentemente, e lá estavam minha namorada, primas, tias, sobrinhas, cada uma delas mulher ora de Atenas, ora de Tróia, seja esperando ou defendendo seu pequeno reinado do dia-a-dia.

E então me dou conta de que eu mesmo sou uma colcha de retalhos, tecido construído pouco a pouco por mãos tão distintas quanto habilidosas.

Que este pequeno texto, alinhavado aqui por um costureiro incerto, sirva para cobrir por uns minutos os olhos da leitora, como quem se deita brevemente procurando a suavidade de um cochilo.

# Rio de nós mesmos

Há uns anos – e a leitora agora já fica na dúvida se estou pescando algo da memória mesmo ou se é coisa inventada, uma vez que não faz muita diferença, pois raramente alguém sai a campo para averiguar a veracidade de fatos descritos numa crônica –, um texto do Millôr Fernandes abria o salão de humor na Casa de Cultura Laura Alvim, dizendo "o Rio de Janeiro continua rindo".

Nesses 450 anos da cidade, vale lembrar de um aspecto importante, ora positivo ora negativo, que marca a chamada carioquice: o humor. Aquoso por ser litorâneo, sardônico porque é – embora já tenha sido mais – contra o poder, flexível porque precisou se adaptar a uma geografia de sobe-e-desce, o riso no Rio de Janeiro é marca tão inconfundível que alguns chegam a definir a crônica como uma categoria que encontrou na cidade o solo mais fértil desde que começou a ser escrita no país. Desconte-se o fato de que, por ter sido capital, onde a imprensa nacional se centralizava, escritores em geral migraram para cá, entre eles os de humor, como o Barão de Itararé (Apparício Torelly). Eles se somaram aos nativos, como Stanislaw Ponte Preta, pseudônimo de Sério Porto que, assim como o Barão, de tão relevante, fez a criatura se tornar mais conhecida que o criador.

O chamado jeitinho brasileiro continua impregnado no comportamento carioca, atualizando-se a cada modismo e tecnologia, mantendo ainda a ideia de que, por aqui, a transgressão é a norma e vice-versa. E vice-verso, pois as inversões de papéis e sentidos são a argamassa da construção literária do humor. A maneira escorregadia de pensar, a sociabilização pela via anedótica, a adoção quase automática de uma postura irreverente criaram um ambiente propício para se olhar a vida com esse olhar irônico e contestador, mesmo quando a importância da capital foi levada para longe e se instaurou o regime ditatorial. Tá lá o Pasquim, que burlou isso tudo e mudou a imprensa.

Mas não sei, do outro lado ficou um estereótipo. Uma coisa é ser um malandro carioca à la Chico Buarque, erudito, zona-sulesco sem a prepotência elitista, uma unanimidade não burra. De outro, o contraponto que se fez com os paulistas, mais sérios e profissionais, cuja pressa é tão grande que muitas vezes não sobra tempo para o segundo beijo ou o S dos plurais. Recorro às aspas de Lívia Barbosa, no seu livro O *jeitinho brasileiro*, no qual ela retrata a contraface das cidades irmãs:

"Enquanto o primeiro ou é bem-humorado, simpático, boa vida, piadista, preguiçoso, gosta de samba, chopp, praia, mulher e carnaval, desenvolveu uma particular ojeriza pelo trabalho e não é uma potência econômica, o segundo representa os valores opostos. Em primeiro lugar, é trabalhador, bem-sucedido economicamente, seguidor das leis e das normas, mora numa cidade sem sol e sem mar, fria e cinza, onde tudo funciona eficientemente e ainda por cima *carrega o Brasil nas costas*."

Por falar em livro, me lembro do ótimo romance *Barba ensopada de sangue*, do gaúcho (mas que passou boa parte da vida em São Paulo) Daniel Galera. O livro é recente, de 2012, e a história se passa em Garopaba, litoral catarinense, alguns anos antes. Em certo momento, aparece um personagem que nem chega a ser secundário, quando há um passeio de bote para turistas, e o guia explica que há alguns anos as baleias eram caçadas ali com arpões contendo dinamites, chamados de bombilanças. Os passageiros admiram a beleza e a graça de uma que passa sob eles, e um típico carioca faz a gracinha típica: "Ih rapaz, esqueci a bombilança em casa". Não se trata de um estereótipo, pois a situação seria bem plausível e não duvido que Galera tenha ouvido coisa parecida quando viveu em Garopaba alguns anos antes de escrever o livro.

Volto aos 450 anos da cidade de São Sebastião do Rio de Janeiro e avanço mais cinquenta, imaginando se, ao completar meio século de existência, teremos encontrado algum equilíbrio. Seria muito ruim encontrar uma cidade na qual o jeitinho se retroalimenta exagerada e incessantemente, transformada numa distopia *cyberpunk* esculhambada. Mas também não posso imaginar a extinção do humor carioca, resistente no politicamente incorreto de cada dia, avesso à rigidez de pensamento cada vez mais preocupante, como se vê, por exemplo, nas frequentes manifestações de saudades de ditaduras e mesmo nas dificuldades de se entenderem ironias nas redes sociais. Espero que encontremos um meio termo nisso tudo.

Parabéns ao Rio de Janeiro, cidade onde nasceu o *homo ludens*.

# Um dedo de prosa, dois dedos de versos

Hoje, ao teclar estas bem justificadas linhas, é comemorado o Dia Nacional da Poesia. Quando publicar este texto, claro, será outro dia. Esse é um sistema comum aos cronistas, que estão sempre presos aos acontecimentos do dia, presos ao hoje, atemporalmente com um pé atrás.

Castro Alves nasceu em Curralinho, no interior da Bahia, em 14 de março de 1847. Mas hoje a cidade tem o nome do poeta, celebrando o ilustre nativo e livrando-a das piadas dignas de sexta série, similares a outras localidades brasileiras como Pau Grande, Não-Me-Toque, Braço do Trombudo, Entrepelado, Pintópolis, Barro Duro e Jardim das Piranhas. Se cada cidade dessas gerasse um poeta da mesma cepa do autor de *Espumas flutuantes*, humor e poesia teriam mais interseções na nossa geografia.

Pulo uma linha e da poesia vou para a prosa, pois hoje é aniversário também de Carlos Heitor Cony, que completa 89 anos e segue produzindo. Pelo que me lembro, foi o primeiro caso de um autor que se empolgou com as facilidades do processador de texto no computador e, depois de um hiato de mais de duas décadas, voltou à ficção e escreveu *Quase memória*, um dos meus romances preferidos. Há uns quinze anos, quando ele veio palestrar na faculdade onde eu estudava, explicou por que prefere Bandeira a Drummond, e a identificação apenas aumentou. Sempre curti mais o recifense também.

Ou melhor, tive outro tipo de aproximação. Creio que a literatura – e a poesia, talvez de forma ainda mais afiada – nos marca pela ocasião em que estamos vivendo quando nos aproximamos dela. Tive uma adolescência regada a Vinicius de Moraes como leitura espontânea, com um objetivo prático que gosto de relatar quando visito escolas: decorava vários poemas dele e escrevia para as garotas fingindo que estava criando na hora, escrevendo sonetos de forma tão rápida que faria inveja a qualquer médium numa sessão de psicografia. Às vezes dava certo, e fiquei muito feliz quando, certa vez, um rapaz me disse por email ter dado meu livro de poemas para a menina com quem começava a namorar. Graças ao Vina.

Ainda que já conhecesse poemas de Drummond, a leitura do mineiro veio depois, já universitária, regada a monografias e perspectivas teóricas que às vezes fecham um pouco o texto, vertendo o olhar para algo profissional. E a leitura de poesia requer uma perspectiva amadora, desarmada. Só fui ter essa experiência de fruição depois, mas já era um pouco tarde para recriar a paixão única da primeira vista.

Por isso desenvolvi uma longa e lenta admiração pela poesia de Drummond, que se tornou um amplo museu ou parque poético, universal em temáticas e técnicas. Mas nesse meio tempo, não me lembro por que motivo, li versos como "todas as manhãs o aeroporto em frente me dá lições de partir", e Bandeira se hasteou de forma definitiva, ocupando um lugar de preferência que dura até hoje, na intimidade da identificação, no desencanto com o mundo transferido suavemente para estrofes.

Se Drummond foi um parque, Bandeira se tornou um bar. E nele vale a pena ir pelo menos uma vez por semana encontrar a rapaziada. Nesses tempos tão prosaicos, é até uma questão de saúde.

# O livro de Abraão

*"E peregrinou Abraão na terra dos filisteus muitos dias."*
Gênesis 21:34

Todos os dias, voltando do trabalho, sou obrigado a fazer algumas paradas. Acho o tempo uma moeda forte – ainda que instável –, por isso mudei de emprego, trocando parte do salário por três horas a menos no trânsito. Felizmente, moro a poucos quilômetros da labuta, um privilégio numa cidade que, em termos de engarrafamentos, vem se apaulistando numa velocidade cada vez maior. Ou menor, no caso. Nesse trajeto de sete quilômetros, porém, existem pelo menos três locais de breves afunilamentos intransitáveis.

No último deles, surgem pedintes, acrobatas, panfleteiros e vendedores. Todos os dias têm ocorrido assaltos pelas redondezas, de modo que é quase inevitável para os motoristas a desconfiança de quem se aproxima dos carros. Ano passado, no dia em que o Brasil eliminou o Chile da Copa, fui assaltado a mão armada e me levaram o carango com a bandeirinha verde e amarela e todos os demais pertences. Estava com minha família, e ficamos na estrada apavorados, socorridos por um sujeito que estava no bar, cujo carro acabara de ser levado também, pelo mesmo bando. Daí minha cisma de vidros fechados.

Mesmo assim, não pude deixar de notar no vendedor de pipoca. O garoto tem uns dez anos, e carrega os saquinhos vermelhos muito sem jeito, não oferece a ninguém, como se estivesse cheio de vergonha. Em diversas ocasiões, ele fica apenas sentado no meio fio, cabisbaixo, como se a mente o levasse para longe dali.

Comprei algumas vezes dele para tentar dar uma força (e também porque sempre gostei dessa pipoca doce, confesso), mas outro dia a intenção era mesmo entregar um pacote de livros infantis e juvenis para o garoto. Depois de pagar e receber a pipoca, agradeci e perguntei:

– Você gosta de ler?

– O quê? – me respondeu desconfiado.

– Ler, ler assim – fiz o movimento de mudar páginas.

– Ah, ler livro? Gosto, gosto sim.

E entreguei o pacote contendo um pouco de Roberto Louis Stevenson, Ziraldo, Augusto Pessôa, Ninfa Parreiras, Anna Claudia Ramos, Guto Lins, Gloria Kirinus, um meu e outros tantos. Ele olhou para o conteúdo e para mim várias vezes, e demorou uns segundos também para sair da defensiva, como se eu fosse cobrar algo. Sabe-se lá a desconfiança necessária para ser vendedor de rua, na qual ele também precisa se submeter no dia-a-dia, mantendo automaticamente os vidros da alma fechados...

Ao final, ele apertou minha mão, me apresentei e ele disse o nome:

– Abraão.

E nos despedimos.

Ontem estranhamente não havia engarrafamento. Mas diminuí a velocidade para acenar para ele:

– Fala, Abraão. Tudo bem, meu camarada?

E ele acenou e depois deu um joinha. Dessa vez sorrindo.

Abraão significa "o pai de muitos" em hebraico. O da Bíblia teve que sacrificar seu então único filho sob a ordem de Deus – o que não chegou a ocorrer, pois Isaque foi substituído por um carneiro na última hora. Essa demonstração de fé (ou obediência) teria feito dele o patriarca do cristianismo, judaísmo e islamismo. Aí sim, pai de muitos.

O Abraão daqui, vendedor de pipocas, é um menino que não devia trabalhar tão cedo, mas é provável que as circunstâncias o obriguem a contribuir em casa, trocando o papel de filho pelo de pai.

Não tenho crença de que os livros vão mudar a vida do nosso Abraão, pelo menos diretamente. Mas espero que esses novos companheiros contribuam para que esse garoto, de alguma forma, consiga ler também o mundo. Que não se engarrafe na vida e, fazendo as escolhas certas, escreva e siga a sua própria estrada.

# Sobre as religiões

Por esses dias, a menina Kailane Santos, de 11 anos, levou uma pedrada quando saía de um ritual de candomblé. Por uma coincidência infeliz, o líder de um famoso centro espírita, o Lar de Frei Luiz, que fica aqui no meu bairro, foi assassinado brutalmente. No rádio e no Twitter, um divertido e preocupante bate-boca entre o jornalista Boechat e o controverso Malafaia. Em qualquer debate sobre o assunto, semelhante a política e futebol, parece que todos estão tanto cheios de certeza quando de fúria.

Abro a nova edição, bem bonita, do clássico *As religiões do Rio*, que ganhei recentemente. O João do Rio fez uma longa reportagem sobre o assunto, e no início do século XX já percebia que a cidade era um celeiro da salada religiosa: "O Rio, como todas as cidades nestes tempos de irreverência, tem em cada rua um templo e em cada homem uma crença diversa." E destrincha a convivência de católicos, pagãos, fisiólatras, judeus, satanistas, evangélicos, espíritas e por aí vai. Mas um dado interessante é que não parece que uma se impunha contra as outras, por conta da nossa origem plural: "O Brasil sempre foi um centro de reunião de colônias diversas praticando as suas crenças com a mais inteira liberdade", diz o grande cronista.

Sempre achei que a fé é algo da ordem do indivíduo, não de uma coletividade. É um lance mais subjetivo, íntimo, que apenas cada um sabe mensurar, como a paixão. Por isso sempre desconfiei, dentro das minhas limitações, de multidões religiosas, cuja perspectiva de mundo, em muitos casos, tende a se fechar em dogmas. Quando me perguntam, digo que não tenho religião, mas acho que todas têm uma importância fundamental, e no fundo quem diz que não tem é porque não tem ou não quer dar um nome para a sua crença particular. A realidade é mais complexa do que a nossa capacidade de compreendê-la, então somos levados a voltar para uma origem comum (o tal *re-ligare*). Por isso acho que todas têm um mesmo sentido.

Lembro-me de umas experiências (re)ligadas a religiões diferentes.

Uma tia era da umbanda e, quando me levava, eu morria de medo dos cultos, caboclos, mas adorava a feijoada, de quem me tornei devoto. Em Cosme e Damião, os melhores saquinhos de doce vinham "da macumba". Que saudade… Uma regra de respeito era, ao passar por um despacho na rua, pedirmos licença para o número de pessoas do grupo. E todos respeitávamos.

Outra tia, católica e depois kardecista, me levou ao Lar de Frei Luiz, e acho que era meio médium. Dizia que eu tinha um espírito irrequieto. Foi na casa dela que descobri uns livros de certo autor espírita chamado prof. Henrique Rodrigues, e eu brincava dizendo que tinha escrito aqueles volumes. A ideia de ter o nome na capa de livro permaneceu comigo e sou profundamente grato a essa tia. Aliás, acho fantástico o trabalho de caridade que eles fazem.

Depois, em alguns carnavais, fui com amigos da Igreja Batista para retiro espiritual. No meio da turma tinha um franciscano, com aquele cordão de madeira em formato de T, que apelidei de Frei Dimão. As gincanas eram divertidas pacas e eu gostava de fazer paródias de músicas conhecidas, que a galera tocava com os instrumentos da igreja. O pastor, gente finíssima, mas que infelizmente faleceu posteriormente em acidente de carro, dizia que eu estava em retiro espirituoso.

Na época do 11 de setembro, eu estava nos EUA fazendo intercâmbio, e deixei um cavanhaque crescer, pois gostava de cofiá-lo enquanto estudava. Quando identificaram o Bin Laden como culpado pelos atentados e começaram a bater nos muçulmanos nas ruas, notei que começavam a me olhar feio, pois eu parecia um árabe. Tratei logo de raspar, voltando a ter a cara de mexicano de sempre. E me deixaram em paz.

Por isso ler *As religiões do Rio* faz tanto sentido para mim, especialmente hoje. E esta crônica é, sobretudo, uma dica de leitura. O livro do João do Rio é literatura de primeira e, para as nossas cabeças, a boa leitura é o extremo oposto de uma pedrada.

# Elegia da paixão desmedida

*"O amor não deixa sobreviventes."*
Nelson Rodrigues

Há uns tempos, um jovem sequestrou a ex-namorada, que acabou morrendo. Não foi a primeira vez que a população pôde acompanhar ao vivo um crime no caldeirão da fervura urbana. Tampouco é inédito que todos os meios de comunicação ponham foco num único fato devido à audiência certa. No mesmo conjunto, sequestro com morte por ação questionável da polícia também não é novidade. Não me interessa a (falta de) ação das autoridades etc. No mesmo dia em que acabou o incidente, vi que os civis e militares estavam se batendo em São Paulo, então é melhor deixá-los assim e assumirmos que não dão conta de pôr ordem na realidade. Se a polícia não se entende, não sou eu quem vai entendê-los.

No entanto, algo nesse episódio me comoveu de forma inesperada, como se ali estivessem contidas algumas senhas e chaves para o entendimento desse mundo caduco. Alguns aspectos são bem simbólicos em tudo o que ocorreu, que para mim caracterizam o caso como uma tragédia das mais clássicas.

Essa rede simbólica já começa com os nomes dos envolvidos, cuja etimologia aponta para alguma possibilidade de atribuir sentido ao fato. Eloá, nome de origem hebraica, é uma das formas de se pronunciar o nome de Deus; Lindemberg era um nome comum entre nazistas; a amiga Nayara, em grego, significa "aquela que comanda".

As tragédias gregas se baseavam na idéia de que o herói ultrapassou o seu *métron,* que seria o limite de cada um, e cometia a *hybris,* um tipo de orgulho desmedido. Por isso, deveria sofrer a *hamartía,* a punição divina, que no caso do teatro clássico possuía um fim didático, servindo para mostrar ao povo que certos espaços não podiam ser ultrapassados.

Terminado o namoro, Lindemberg não teve a experiência necessária para entender que o amor acaba. Embora sete anos mais velho, amou Eloá de forma imatura. Vítima da perspectiva adolescente, via o mundo como possibilidade ilimitada, o tempo como distância de eternidade e a paixão como mergulho infinito. O amor sempre exige a transcendência, quer expansão. Uma vez que não seja possível expandi-lo via conquista, lança-se mão dos artifícios de domínio.

Essa *hybris* de Lindemberg o fez tomar por força o seu objeto de devoção e culto, sua manifestação divina encarnada numa jovem. Mesmo sem antecedentes criminais, foi necessário entrar no território do comportamento criminoso pelo descontentamento com a rejeição. Lindemberg invadiu o espaço da liberdade alheia para impor os seus desejos. O amor se converteu na sua face mais doentia, a da falsa sensação de posse – porque ainda hoje há quem creia na ideia de se ter algo ou alguém como um objeto –, em detrimento da cessão e da troca.

Ao matar Eloá, Lindemberg assassinou o que o aproximava de Deus. Quis dominar o que não se presta a ter dono: Deus e a mulher. À amiga Nayara, aquela que comanda, restou a tentativa de mediar o conflito, tendo exercido de fato a indevida função de negociadora, porém foi silenciada com um tiro na boca. Impotente, a polícia silenciou o sequestrador com balas falsas.

Apontar culpados é antes procedimento jurídico ou necessidade de justiça do que se assumir que nesse tipo de caso todos acabam sendo vítimas. Parece que Lindemberg não sabe ainda que sua ex-namorada morreu. Quando souber, vai sentir a sua *hamartía*, e provavelmente terá a dura ciência de que nunca mais poderá amar e ser amado de forma minimamente sadia.

É preciso lucidez e maturidade para se despedir, inclusive do amor. Lindemberg, Eloá e Nayara nos fazem lembrar que o aspecto trágico da condição humana nos situa na dimensão da finitude, e que esse é o intervalo que foi reservado para a manifestação da nossa intensidade.

E por não compreender o tempo da ausência, esse rapaz nem pôde aprender que o amor também é abnegação – e às vezes requer deixar a moça ir embora para sempre.

# Das pequenas mudanças

Acabo de me mudar, de modo que peço perdão à leitora pela pressa com que escrevo. Cada teclada desce com um pouco de poeira ainda, no afã das coisas recém-montadas. E cada frase é produzida por um movimento que desce pelos braços doloridos, passando pelas articulações ainda tensionadas até chegar nas mãos esfoladas após a sequência interminável de descarregamentos.

Por isso é que tento rearrumar aqui as peças desmontadas, leva por leva:

Trata-se da minha 19ª mudança ao longo da vida. Parecem muitas mas o que me alegra é saber que foram gradativamente melhorando. Se as primeiras eram fruto amargo dos perrengues, as últimas foram decorrentes de conquistas.

Os caras do frete precisam e buscam trabalho, mas na hora não querem ter trabalho.

Dia de mudança é parecido com doença: só os verdadeiros amigos e parentes aparecem.

Sempre dizemos "eu me mudei", quando na verdade o que se muda são os utensílios, o endereço para as malas diretas – e, naturalmente, os móveis propriamente ditos. É possível mudar isso tudo e manter-se exatamente o mesmo indivíduo. Da mesma forma, qualquer um pode, sem sequer ter movido uma palha, tomar um choque de alteridade ou mesmo dizer para si mesmo: eu (me) mudei. Clariceano e esquizofrênico, não sei onde guardar isso.

Se eu tivesse uma empresa de fretes, ela se chamaria Transportes Heráclito, e o slogan seria "Porque o mais importante na vida é a mudança".

Mas também gostaria de criar uma cerveja: "Beba Schopenhauer: o que importa é a vontade".

Um indicador imenso de passagem no tempo são as poeiras que se acumulam atrás dos móveis grandes. Ali o chão é diferente, limpo e virgem, como uma lembrança congelada daquele pedaço do solo de antes da nossa chegada. Parece a casa nos dizendo: veja só essa beleza que você tirou de mim.

Já as paredes são menos melancólicas, mas se apegam ao que lhes cobre. O espaço de um quadro fica saudosamente marcado, como se fosse um fantasma da imagem que habitava ali.

É preciso doar coisas, jogar fora tantas outras, ver o que não é realmente necessário depois de um tempo acumulando coisas. Mas é como a foto de Itabira, como dói.

Ter uma biblioteca com uns milhares de livros é uma maravilha até se descobrir que só podemos carregar poucos por vez e ela foi montada em sua maioria no quinto andar sem elevador. Cada um dos sessenta degraus torna o valor de cada obra maior ainda. E não, não os trocaria por um prático *e-reader*, ainda que use a trabalho. Preciso dos volumes de livros ao meu redor me olhando do silêncio precioso das estantes.

E a pausa para colocar em uma *O cachorrinho Samba*, primeiro livro que li e acho que o mais importante. Não tinha luz na casa onde morava e acompanhar as aventuras ao lado da pequena chama de uma vela tornou a história ainda mais fabulosa. Esse elemento atiça a imaginação, creio: vide as tradições orais em torno de fogueiras. Morava ao lado do Guandu, rio gigante que levava tudo. E depois fomos embora, acho que foi a sexta ou sétima mudança.

Cara de cachorro que caiu da mudança. Já disseram que fiquei assim, certa vez.

De tudo, o pior é apertar parafusos, atividade que mais me angustia. O inferno é um lugar onde se precisa, por toda a eternidade, apertar e desapertar um mesmo parafuso mal ajambrado, e com a chave errada.

"Todo o mundo é composto de mudanças / Tomando sempre novas qualidades." Os decassílabos heroicos do Camões são legais e gerais, mas me lembro de dois versos mais políticos do Affonso Romano: "Amigos, nada mudou / em essência." Atual pacas.

Eu mudei e me mudei. Estou casado.

# Meu coração é o Mercadão de Madureira

"Não vem não, pra cima de Madureira só Cascadura!", dizia sempre, com o dedo em riste, uma tia que já se foi.

Voltar a esse bairro é sempre uma aventura que tento evitar. Não curto muito mergulhar naquela profusão de gente, carros e sacolas, tudo engalfinhado e se atropelando. Nos últimos anos, me parece que surgiu uma glamourização da vida suburbana carioca, mas acho que se deve também a certa crise identitária da Zona Sul, iniciada justamente quando a classe média alta perdeu um pouco da pose, buscando novas perspectivas além-túnel. O que não significa que a maioria da galera da Zona Norte e adjacências tenha deixado de sonhar com o Leblon das novelas. A grana do vizinho é sempre mais verde.

Essa ficha me caiu quando, num bar da modinha, a mauriçada estava cantando o trecho de uma música conhecida: "daqui do morro eu não saio não", a famosa "Opinião" do Zé Keti. Todos felizes pacas na sua simulação verbal de pobreza. Acho que respondi indignado: pois é, vocês só vão no morro para se abastecer de baseado. Mas acho que tinha bebido umas e outras – álcool, outra droga pesada – e provavelmente estava falando sozinho.

Zé Keti, oriundo de Inhaúma, suburbão do Rio. Apelidado na infância de Zé Quietinho, que deu Zé Quieto e por fim Zé Keti. Viva ele!

Voltar ao subúrbio ou conhecê-lo se tornou uma experiência meio antropológica para a turma mais aquinhoada, com direito a vans e seguranças, para se respirar o legítimo ar do povo. É sair do apartamento para a casa, descer do play e brincar na rua, da quadra à várzea, trocar o vertical pelo horizontal, e outras analogias. As quadras das escolas de samba de Madureira são os oásis onde brotam esse sentimento de raiz.

Lembrança: no calçadão, ali em frente ao Império Serrano, ao lado da estação de Magno, foi onde consegui o primeiro trabalho, numa barraca de cachorros-quentes. Mas lá na quadra mesmo nunca entrei e hoje é um tipo de turismo que não me diz muito. Prefiro o Parque Madureira.

Mas antes que a leitora me acuse de renegar as origens, elucido: sou de Seropédica, mas logo fui desbravar o mundo e minha formação se deu toda entre a Pavuna e Irajá. Quando morei em Madureira, entre 12 a 15 anos, a onda era ser malandro, ou pelo menos parecer. Todavia, era tímido demais (Henri Keti?) e não me enquadrava.

Quando nos mudamos para Jacarepaguá, onde ainda moro, não quis mais saber daquela bagunça. E volto a citar: "Todo o mundo é composto de mudanças / Tomando sempre novas qualidades", sonetou o Camões, que nunca foi a Madureira. Mas Madureira sempre esteve lá, me esperando. E apesar de toda a resistência, lá fui por esses dias, a fim de comprar uma churrasqueira. Nesses tempos bicudos, pagar um pouco menos supera qualquer implicância bairrista. E logo me vi mais uma vez perdido no labirinto borgeano do Mercadão.

O Mercadão de Madureira é ao mesmo tempo paraíso e inferno. Nunca um purgatório. E você mergulha e se dilui naquela profusão de gente, itens de festa, doces, temperos, animais para consumo e sacrifício, imagens de demônios bronzeados com quase dois metros, segurando tridentes, que ainda me dão medo e evito encarar, com medo de que deem uma piscada.

E cabe lembrar: Madureira é imune a qualquer raio gourmetizador. Amém, e que continue assim. Assumo rimando que saí de Madureira mas Madureira sempre vai estar em mim.

Por isso é que agora, inaugurando a churrasqueira, olho para a minha mulher com cara de falso malandro e falo a gracinha de domingo em formato de slogan: Meu coração é o Mercadão de Madureira, vem *ni mim* no varejo que eu te atendo no atacado.

Esta obra foi composta em Arno Pro Light 13 e impressa em papel pólen bold 90, na gráfica PSI, em São Paulo, para a Editora Malê, em fevereiro de 2020.